地には平和を

小松左京

角川文庫
21701

目次

地には平和を

人影が動いた。彼は反射的に身をひそめて安全装置をはずした。息を殺して見つめる照星の先に、芒《すすき》の穂がそよいでいる。黄ばんだ草ががさがさと動いて汚い手拭《てぬぐい》で包まれた頭があらわれた。薪《まき》を背負った、こすからそうな百姓爺《じじい》だ。彼は隠れ場所から立ち上ってゆっくり出て行った。用心して、まだ銃をかまえたままだった。

百姓はびくっとして身を引いた。恐怖の色が消えないうちに、軽蔑《けいべつ》と憎悪がその渋紙色の顔の上を複雑に走った。しかし彼が正面切って向きあった時は、もう無表情にかえっていた。

「食物をくれよ」と彼は言った。「ひもじいんだ」

百姓は、河原で陽にさらされたざらざらの小石みたいな眼で、彼の姿を上から下へ、下から上へと見た。軽蔑と憎悪が、その腐れた眼蓋《まぶた》の下から再びちらとのぞいた。——服はぼろぼろで、骨の露《あら》わな手首や頸筋《くびすじ》の皮膚が、鳥の脚みたいに鱗《りん》状の垢《あか》で蔽《おお》われている。瘦《や》せっぽっちの餓鬼。

「何で鉄砲向けるのだ」百姓は吼《ほ》えるように言った。「同じ日本人でねえか」

彼は銃先を下に向けた。安全装置はかけなかった。

「家は遠いか？」彼はきいた。

「この下の谷間だ」と百姓は言った。

「何か食わしてくれよ。弁当もほしい」

再びこすっからい憎悪の表情が親爺《おやじ》の顔をかすめた。

こんなちびに鉄砲でおさえられて腹を立てているのだ。

大人に向ってまるで命令するようにえらそうに喋《しゃべ》る。当り前のような顔をして食物を持って行く。そして英雄気取りなのだ。兵隊なら我慢するが、こんなガキまで……。

「あんた等の仲間、まだこの辺に残ってるだか?」

彼は首をふり、ちょっとあたりを見まわす。

「俺、斥候に出てたんだ。帰って見たら本隊は殆《ほと》んどやられて、あとの奴はどこか行っちまった」

「つかまっただよ」と百姓は意地悪そうに口を曲げて言う。

「そこの道をな、みんな手をあげてぞろぞろ降りて行った。台尻《だいじり》で殴られ殴られ……負傷してた奴もあっただ」

「逃げた奴だっているだろうさ」

「あんた、これからどうするだ? いずれつかまっちまうによ」

彼は不機嫌さを現わすために、遊底桿《ゆうていかん》をがちゃりと言わせて見せた。百姓は口をつぐんで彼の方を牛のように血走った眼で見つめる。

「信州《しんしゅう》へ行くんだ」と彼は顎《あご》をしゃくって言う。「あそこには、まだ大勢頑張ってるからな」

「信州だと？」百姓はいやな笑いを浮べた。「どれだけあるか知ってるかよ？　街道筋はみんな押えられてるだ」

「山づたいに行くさ」

「行くまでにつかまっちまうにきまってるだ」そう言って彼の表情をうかがいながらぼそりと言う。「降参しちまった方が楽出来るに」

彼は銃を持ちなおす。ほらこれだ。こう言うとすぐカッとする。追いつめられているから、悪くすると殺されるかも知れない。こいつ等は鉄砲をもった気違いだ。

「非国民め！」と彼は歯の間から押し出すように呟《つぶや》く。「お前みたいな奴がいるから負けるんだ」

「おら達に責任はねえだ」そう言って百姓はあわててつけ足す。「お前さん達にだって責任はねえだ。向うが強すぎるだよ。物がうんとある。こっちには飛行機だって一台もねえしよ」

「負けやしない」と彼は固い表情で言う。「降参するくらいなら、戦って死ぬ。あっちの連中だって、その気で頑張ってるんだ」

「そんな事したら日本人は根絶やしになっちまうに」

「お前、奴等の奴隷になってまで生きたいか」彼は声を荒げて言う。下級生への説教口調がつい出て来る。「俺達みたいな若い連中だって、戦って死んで行くのに、お前は何だ？

大人のくせに……」

「中風の婆さまと娘がいるだ」と親爺はぶつぶつ言う。「それに百姓が働かねえで誰がお前さん等におまんま食わせるだね？」

彼が答えにつまって逆上しかけるのを見てとると、親爺はすかさず歩き出しながら言った。

「来なせえ」

谷間の一軒屋だ。やせこけて肋《あばら》の見える牛が、諦《あきら》め切った表情で草をかんでいる。谷ぞいの田は刈り入れがすみ、藁塚《わらづか》が大男のようにあちこちに立っていた。

「奴等はちかくにいるか？」と彼はきいた。親爺は首をふった。

「ひきあげただ。この先の村に少しばかりいるらしい」

その言い方をきいて、彼の中で疑念が少し動いた。この親爺、油断出来ないかも知れない。

「お婆、帰っただ」と親爺は大声でどなる。そばで見ると大きな家だった。中は暗く、すえた臭い、新藁、が強くした。鶏がいる。卵が食えると思うと唾《つば》が湧いた。

殆んど真暗に近い奥の間で、ごそごそ動くものがあった。親爺はそばへ行って、何か低い声で話している。老いさらばえた、白い眼が彼の方をのぞく。「心配ねえ」と親爺は言っていた。婆さまは早く追い出せと言っているらしい。彼は上り框《がまち》に腰かけて、汗をぬぐった。腰をおろすと、ふらっとしそうだ。待ちかまえたように睡気《ねむけ》がおそって来る。

「すぐ、まんま食わすで」と、親爺は土間をわたって来ながら、急に愛想のいい声で言った。

「娘がいねえでな。冷やこいまんまだ。ええか？」

「何でもいい」もう喉《のど》がぐびぐび鳴っている。口糧が切れてからまる一昼夜、腹がへって気が変になりそうだ。

「あり合せで、虫をおさえてもらうべ。晩げには鶏をつぶすで。今夜は泊って、明日の朝立ちなせえ」

「そんなにしてもらわなくっていい」彼は掌《てのひら》をかえしたような親爺のそぶりを警戒しながら言った。「飯と弁当だけでいい。鶏なんかつぶしたら勿体《もったい》ない」

「老いぼれが一羽いるんだ。おいとけばどうせ奴等が持ってくだよ」

しかし「奴等」は彼みたいに只《ただ》では持って行かない。何かおいて行く。親爺は土間を行ったり来たりしながら、大声で喋り続けた。

「しっかり食べてもらわにゃ、信州まで行けねえだよ」

白い飯、野菜の煮つけ、卵、魚の乾物《ひもの》。食いすぎたら立ち所に腹をこわすし、場合によっては死ぬという事がわかっていながら、がつがつつめこまずにはいられない。渋茶をのみながら、もし胃袋が許すならば、もっと食いたいと言う衝動をおさえるのに苦労した。飢餓はまるで悪鬼のように彼にとりついていた。それは消化器だけでなく、全身をくまなく手足の先までうずかせる浅ましい虫だ。——外に誰か来た足音がした。彼は銃を引き寄せた。それをちらと見て、「娘だ」と声をかけながら親爺は足早に出て行った。彼はそれでも銃をひきつけて窓際ににじりよった。若い女の話し声がした。親爺の声は急に低く、せきこんだようになり、それから二人は何か言い争うように早口の方言で喋り合った。ふと窓の端をかすめるように、丸く平べったい女の顔がのぞいてすぐ消えた。軽い足音が裏手の方へ走り去った。親爺はのっそり土間にはいりこんだ。不機嫌な顔をしていたが、彼の刺すような視線にあうと作り笑いをした。

「親にたてつく娘だ」と百姓は言った。「一眠りしなさるか?」

意地でも眼蓋をあいていられなかった。腹がくちくなり、けだるい疲労に四肢は痺《しび》れ出した。

「眠るがええだ。風呂《ふろ》をたてるで」

「風呂はいらない」と彼は言った。

「汗を流すとええに。ひでえ垢だ」

「いらないと言ったらいらない」

ここは味方の陣地内ではない。風呂は禁物だ。例え、親爺が本当の親切から言ったにしても。

「今、時間は?」

「三時一寸《ちよつと》すぎだよ」

「日が暮れたら起してくれ」
眼がとろけそうになるのを、やっとの事で銃に油をさし、拳銃《けんじゅう》と銃をしっかり抱いて彼はその場で鉛のように眠りこんだ。

腹痛のために眼がさめた。あんな食べ方をすれば当然の報いだ。日は今沈んだ所らしかったが、部屋の中は空の照りかえしでやっと物の輪郭が見える位だった。明りはなく、親爺はいないらしい。便所のありかをきこうと思って大声で呼んだが、返事はなかった。奥で寝たきりの老婆がごそごそうごいた。仕方なしに彼は銃を持って外へ出て裏手へ走った。いい按配《あんばい》に便所は裏手に見つかった。ひどい下痢だった。しかし、晩飯に鶏をつぶしてくれるなら、俺は食うぞ、と彼は自分に言ってきかせた。下痢位平気だ。歩くのが困難だが、死ぬほどの事はない。それにしても親爺の奴、どこへ行ったのか？――便所を出た時、彼は遠くで何か唸《うな》るような音をきいたが、気にもしなかった。出て来た時と反対側からまわって行くと、家の裏手に母屋にくっついて、離屋のような一棟が建っていて、中に明りがともっていた。通りしなに、何げなしに窓からのぞくと、赤とピンクの色彩が眼についた。彼は思わず立ちどまってのぞいた。壁に真赤な服と桃色の服がかかっていた。鏡の前にいた娘は、はっとしたようにこちらをふり向いた。平べったい丸い顔、それが白粉《おしろい》で濃くぬりたくられ、眉《まゆ》を引き、唇を毒々しくぬっている。娘は彼を見てうろたえたように眼をそらした。彼は固い表情をしていた。娘はにっこり笑おうとし、それから困ったように立ち上った。彼は物も言わず娘の顔をじっと見ていた。部屋の隅に美しい箱があり、蓋《ふた》が開かれて、きちんと綺麗《きれい》につめこまれたこまごましたものが見えていた。彼にはそれが何であるかすぐわかった。煙草、レモンパウダー、ビスケット……敵軍のC口糧《レイション》だ。

「あんた……」と娘はしわがれ声で言って、ためらった。

「奴等、ここへ来るんだな」と彼は声を押し殺して言った。

娘は決心したように早口で言った。

「あんた……。お逃げよ。すぐ出て行った方がいいよ。今夜は来ないと思うけど、ひょっとしたらお父っつぁん……」

そう言うと娘は、急に耳をすました。

「お前、敵兵の妾《めかけ》だな」と彼は喉の奥で言った。彼は若すぎたので、女の事だけは許す気にならなかった。彼の母は喉を突いて死んだ。姉も恐らく空襲で死んだだろう。男の捕虜はまだ許せるような気がする。彼だって負傷をすればつかまるかも知れないからだ。しかし奴等の手に落ちて、辱めを受けないうちに舌を噛《か》み切らないような女は……彼は拳銃をぬき出した。自分が何をしようとしているか分らなかった。彼が安全装置を無意識にまさっているのを見ると、女は青ざめたが、同時にその鈍重な顔に怒りが浮んだ。「馬鹿たれ！」と女は言った。その怒りの激しさは、彼の方がたじろぐ程だった。彼自身も怒りに身をふるわせていた。しかしその怒りは、彼に理解出来ない壁にぶつかってためらっていた。彼の中に、女の唯一の表象としてあった母の鮮烈なイメージと、今眼前に、全身で怒りを押しつけて来る雌牛のような女の姿の間に引きさかれ、彼は一瞬戸惑っていた。その時、車の音が聞えた。彼ははっとして表の方をうかがった。車はすごくふかしながら、ブレーキを軋《きし》ませて表にとまった。重い何人もの足音と、聞き慣れぬ話し声がした。娘は一足飛びに部屋の奥へとびこむと、Cレイションの箱をかかえて、彼にほうった。

「逃げな！」と娘は言った。「藪《やぶ》伝いに裏山にぬけられる」

走り出した途端に、後で叫び声がした。親爺《おやじ》が離屋の窓の所で大声でわめきながらこちらを指さしていた。片手で娘の襟首をつかんでこづきまわしている。兵隊のサーチライトが彼の姿をとらえる前に、彼は後をふり向きざま、拳銃を一発打った。親爺の横で娘がくずれ折れるのが見えた。忽《たちま》ち自動小銃の掃射がおそって来た。彼は窪《くぼ》地にとびこんで横へ横へと這《は》った。拳銃をサックにもどし、革皮で肩にかけた銃をす早くつかむ。右手で肩に吊《つ》った手榴弾《てりゅうだん》をもぎとり、歯にくわえて安全栓をぬく。

「出て来い《カム・アウト》！」

掃射の合間に奴等のバタ臭い声がわめく。

「逃げられんぞ《ユー・キャント・エスケイプ》。抵抗をやめて出て来い《ギヴ・アップ・ファイティング・アンド・カム・アウト》」

そのくらいの英語は彼にもわかる。中学校の教師の発音はずいぶん出鱈目《でたらめ》だったが。彼はにじりながら横手にまわりこみ、サーチライトを持った兵隊との距離をはかった。下痢腹で力がはいらない。ぐるぐるまわる眩光《げんこう》が向うを向いた時を狙って彼は手榴弾を投げた。爆発と同時に、低い崖《がけ》をとび下り、見当をつけた山際の森まで一気にかける。自動小銃の掃射は、見当ちがいの方角で気ちがいのように鳴りつづけている。森にとびこんだ彼は、藪の中にわけ入ってぜいぜい息をついた。腹がまたぐるぐる鳴り始める。Cレイションの箱は落してしまった。銃声も人声も遠ざかり、外は一面の虫の声だ。

……報告は悪いものばかりだった。どの区域からも、発見のしらせはない。

「一八〇五区――」局長は呼んだ。通話器から歪《ゆが》んだ声がかえってくる。

「まだ見つかりません……」

「急いでくれ！」局長は歯を食いしばって言った。「急ぐんだ。ばかな事にならないうちにな――。悲惨の上《うわ》ぬりにならないうちに……」

「急いでいます」

「もっと人数をまわそうか？」

「大丈夫です」

声が切れる。局長はいらいらと指をもんだ。こうしている間にも、あの狂人は、次々と犯罪を重ねているのだ。そしてその狂人は、今どこにいるのか、それさえわかっていない。

――突然呼び出し信号がついた。局長はとび上った。

「局長。特別通信です」と声が叫んだ……。

爆音が突然裂くように近づいて来た。彼は急いで草むらに身をかくした。山頂の草は浅思い切って岩蔭《いわかげ》まで駈《か》けて身を投げた。じめじめした岩の下から大きな百足《むかで》がはい出して来る。彼は躊躇《ちゅうちょ》せず二本の指で首根っ子を押えた。石で頭をつぶす。油があればいい薬になるのだが……。青黒くぬられた飛行機が物凄《ものすご》い音を立てて頭上を飛びこえて行く。山頂の上空を高度五十くらいの超低空で。なめてやがる！　白くぬかれた星のマーク、脂ぎった鼻のようにつき出しているプロペラ・スピンナー。そいつは一たん山頂を通りすぎ、反転してまた引き返して来る。見つかった？

翼をかしげて山頂をかすめた時、眼も鮮やかな黄色の飛行服を着た操縦士が、そのピンク色に輝く顔をつき出して、のんびりとあたりを眺めまわしているのが、手がとどきそうな所に見えた。彼は思わず銃をにぎりしめた。畜生、ぶちこんでやりたい。しかし仕損じたらそれまでだ。山頂では逃げ場はない。昔、教練でならった対空射撃の事を思って、彼は吹き出しそうになった。逆射ちのかまえ、雀でも射つ気だったのだろう。艦載機は性こりもなく、もう一度旋回の姿勢をしめした。細い胴、逆ガルタイプ――コルセアだな。翼の折れ曲った所から、二十ミリ機関砲が無気味につき出している。腹の下には二百五十キロ爆弾が一つ。畜生、畜生、畜生！　味方の戦闘機が一機もいないなんて……艦載機はぐいと頭を起した。下腹がえいのそれのように青白く光った。急上昇するとそいつは鰯雲《いわしぐも》の浮いている空の方へとび去ってしまった。ひよどりの鳴声が急にはっきり聞えて来る。彼は起きあがると一丁ばかり先の尾根のようになった山頂へ向けて歩き出した。喉《のど》がからからで眼まいがした。腹の立つような秋日和だった。

山頂へ来ると、彼は坐《すわ》りこんで汗をふき、残りすくない水筒の水をのんだ。腹は依然として下りっ放し。信州まであとどのくらいあるだろう。ふと頭をめぐらして見て、彼は眉をひそめた。眼前の尾根の切れ目に海が見えた。こいつはおかしい。ひょっとすると湖かな？

しかしそうではなかった。水平線の少し下を、黒く細長い文鎮のようなものがゆっくり動いている。空母だ！

無論、味方のであるはずはない。赤城《あかぎ》も加賀《かが》も、瑞鶴《ずいかく》、翔鶴《しょうかく》、信濃《しなの》もみんな沈んでしまった。日本列島周辺に、かつて世界を圧した帝国海軍の艨艟《もうどう》の影はない。噂では日本海の方に、傷だらけの軽巡が二、三隻かくれていると言うが、撃沈されるのは時間の問題だろう。――それにしても海とは……恐らく方角をまちがえたのだ。あの百姓家でつかまりかけて以来、彼は夜ばかりえらんで歩いて来た。月がないので星を見て歩いたが、夜の山道はすぐ方角を見失う。尾根は東南に走っているが、向うの海はいったいどこの海か見当もつかない。どこかで民家を見つけて聞かなくては。今度は銃をかくして戦争孤児みたいな哀れっぽい恰好《かっこう》で行ったほうがいいだろうか？　だがそれも癪《しゃく》だった。ここは自分の国だと言うのに逃げかくれしなければならないとは。彼はすり切れた服の襟にさわってみた。黒い桜のマークがまだついている。本土防衛特別隊の襟章だ。それをなでながら彼はふと空を見上げた。秋津州《あきつしま》――祖国の空、今は秋あかねもとばず、十月もすでに終りだった。来月になったら霜がおりる。それまでに信州に行きつけるだろうか？　中部山岳地帯にはまだ十個師団がたてこもっている。大本営は長野のどこかにうつされ、陛下はそこにおられる筈《はず》だ。

「行きつけるだろうか？」

彼は声に出して言ってみる。自分の声が瞬時にあたりの風物に吸いとられ、かわってきびしい寂寥《せきりょう》がおそって来た。麦藁色《むぎわらいろ》の陽の光、紅葉につづられた山塊のたたなわり。その向うにはてしなく続く山脈、鈍く光る海。天地の間にはさまれて、名も知らぬ山頂に只《ただ》一人、飢え疲れ、陽にさらされ、道に迷ってぼんやりたたずんでいる彼……。


「見つかったぞ！」

局長はカフを一ぱいにあげて、四方に散っている全調査員に叫んだ。

「DZ班からMY班まで、LSTU三五〇六へ！　他の班はそのまま探査を続けろ。DZ班からMY班まで、LSTU三五〇六にはいったら横の連絡をとって、包囲隊形」

「QV班……」かすかな声が叫ぶ。「XT六五一七区内に、反応あり」

「RW！　おいRW！　手伝え。QVと協同」

「RW了解……」

見つかり出した。これで二つ見つかった。まだほかにもあるのだろうか？　LSTUの発見は、域外協力者の通報だ。とんでもない所で見つかったものだ。——とすれば、域内にはまだあるにちがいない。いや、それだけでなく、狂人とその装置がまだ働いているとすれば、彼は今なお続々と……

「奴はまだ見つからんか？」」――局長はどなった。

八月十日頃から、戦争に負けたと言う噂がとんだ。工場では中学生達は七対三の割合で二つに別れた。そして二、三日たって、敗戦論者達は残りの連中にぶん殴られた。長崎が恐ろしい新兵器におそわれたと言う事はみんな知っていた。新聞が強力爆弾の事をまわりくどい表現で書いていたからだ。その前に広島にも同型の爆弾が落ちたが、不発に終り、陸軍は捕獲せる爆弾を目下研究中とも書いてあった。

八月十四日は空襲がなかった。しかし彼等はいつものように寄宿舎からカンカン照りの道を歩いて空襲で半分ぶっこわれた工場へ、特殊兵器を作りに出かけた。彼等の作っているのが特殊兵器だと言う事が、彼等にほこりを持たせた。それが人間魚雷らしいということ以外はわからなかったが――その日、翌日正午に陛下の重大放送があると言う噂が流れた。新聞とラジオがその事を裏づけ、教師が勿体《もったい》ぶった口調で訓話した。ラジオは戦況ニュースを流さなかった。八月十五日は、相変らず空襲はなく、暑い日だった。正午前に彼等は工場の中の大型定盤――下が防空壕《ぼうくうごう》になっていた。命のほどは保証されないが――の前に集まった。ラジオはぶつぶつと調子の悪い音をたてた。正午二分過ぎ、突然アナウンスが言った。

「正午より放送予定の陛下（この言葉が出るとみんなカチンと踵《かかと》を合せた）の玉音放送は

都合により、十四時にのびました。なお重大ニュースがはいりますから、このままラジオを切らずにお待ち下さい」

彼等は待った。ラジオは三分近く沈黙し、又ぶつぶつ言った。三分後、レコードで『切りこみ隊の歌』が流れ出した。命一つと引きかえに、千人万人斬ってやる……。続いて学徒出陣の歌、必勝歌。

「お待たせいたしました。陛下の玉音、重大発表ともに十四時まで延期されました。十四時にもう一度ラジオの前にお集り下さい」

久方ぶりに緊張がたかまり、午後は仕事が手につかなかった。みんな重大放送の内容について勝手な予想を喋《しゃべ》り合った。教師は殴り歩いたが効果はなかった。第一仕事をしたって無駄なようなものだ。組立て工場がやられてしまい、第二旋盤工場は瓦礫《がれき》の山だ。鋳物工場からはどんどん鋳物が出てくるが、第一旋盤工場には十二尺旋盤や、正面盤、ミーリングがないから、小物しか処理出来ない。又処理した所で持って行く組立て工場がなくて、外に積み上げておくだけである。

午後二時の放送は更に三時にのびた。そして三時に、突如「海行かば」が始まった。みんなすぐその妙な所に気がついた。玉音放送なら当然君が代をやる筈だ。

「お待たせいたしました。陛下の放送は都合により取りやめになりました。かわって臨時ニュースを申し上げます。本日未明、重大会議開催中の閣僚及び重臣の多数は、不測の事故により死亡及び重傷をおいました。死亡者の氏名を申し上げます。内閣総理大臣鈴木《すずき》貫《かん》太郎《たろう》大将……」

「しまった」と小さく呟《つぶや》く声があった。ふりかえると青白い徴用工の四十男だった。米内《よない》海相、木戸《きど》内府、下村《しもむら》情報局総裁、その他大臣多数死亡、又は重傷。

「なおこの会議には陛下も御臨席あらせられましたが、神助により、玉体には何のおさしさわりもございませんでした」

みんながちょっとどよめいた。おっちょこちょいが万歳を叫ぶ。十数名がそれに続いたが、妙に元気なく立ち消えになった。

「なお死亡された鈴木首相にかわり、本日正午、阿南《あなみ》陸相に内閣総理大臣の大命が降下いたしました。新内閣成立は本日夜半の予定でございます。只今より阿南新総理のお話、続いて豊田《とよだ》軍令部長のお話がございます」

阿南首相の声は、奇妙に沈痛だった。神州不滅《しんしゅうふめつ》、本土決戦をもって悠久の大義を全《まっと》うする。国民はいっそう団結し皇室に殉ぜよ。つづいて豊田軍令部長は本土決戦に総力をあげる事、本土決戦においては当方に充分の勝算ある事を力強く述べた。

何が起ったかという事はほぼ推察出来た。なぜ阿南陸相が無事だったか？　なぜ陛下が無事だったか？　国民の殆《ほと》んどはその理由を理解できた。従って、放送されるはずだった陛下の玉音が、どんな内容だったかも朧《おぼ》ろげにわかった。彼等はいつものように黙って決戦内閣を支持することにきめた。しかし彼等は何が起ったかわかったという事を歌であらわした。十何年前の「昭和維新の歌」が、突然あちらこちらではやり出したのである。それは決戦内閣を支持するようにもとれ、逆にあてつけるようにもとれた。どこからとも知れぬ上の方からその歌を歌ってはならんと言う命令が下りて来た。しかし彼等は、仕事の合間にふとそれを口ずさんだ。

八月十六日から、再び底抜けの大空襲が始まった。臨海工業地帯は壊滅し、六大都市は京都をのぞいて殆んど灰燼《かいじん》に帰した。彼等はもう働こうにも工場がなかった。

そこで海岸の陣地作りにかりだされた。一方ソ連軍は怒濤《どとう》のように満州《まんしゅう》を南下しつづけ、関東軍は朝鮮満州国境で退路を絶たれた。彼等の中から本土防衛特別隊が編成され、訓練が始まった。白虎隊《びゃっこたい》――誰もがそう呼びたかったが、賊軍の名だと言うので敬遠され、かわりに黒桜隊という名前がつけられた。隊員は十五歳から十八歳までで、一応志願制度だったが、殆んどの連中が志願した。若い連中ほど多かった。今度は本当の武器が持てる本当の戦争だ。

「お行きなさい」と母は言下に言った。「あなたも軍人の子です。お父様の名をはずかしめない働きをなさい」

電灯のつかない疎開先の二階で、仏壇を背にして端然と坐っていた母。父は戦死して少佐にしかなれなかったが、母は少将の娘だった。

「私はあなたに心配をかけないつもりです」

そう言って、母は、父の形身の軍刀を出した。相州物《そうしゅうもの》だった。

「いざと言う時は……知っていますね」

八十名が出かけて十七名しか生還しなかった最初の斬込みの夜、軍刀はぬかれる機会もなしに、釣革が切れておち、榴弾《りゅうだん》に砕かれた。既にその時彼は、父の形見と言う意識を失っており、厄介払いをしたような気になっていた。彼の心の中で、軍刀より以前に失われているものがあったのだ。ただ一つ頑強に残り続けているのは、負けたくない、負けるのは癪《しゃく》だと言う意識だけだった。

九月の上旬すぎに、薩摩《さつま》半島と四国南岸の沖合に、米機動部隊の影が現われた。予期されたよりはるかに早かった。二百十日に神風は吹かず、かわりに特攻機が嵐のように殺到した。機動部隊は圧倒的な護衛戦闘機にかこまれつつ、ゆっくり西方へ移動し、またもとの地点へ帰った。九月の半ばに、ハワイ経由の新たな機動部隊は銚子《ちょうし》沖にあらわれ、一部は東京湾、一部は伊豆《いず》沖にむかった。彼等は水道の奥の海岸陣地に配属され、背後の基地からとび立った一式陸攻が、腹に『桜花《おうか》』をかかえて南方へとびさるのを、黙りこくって見ていた。彼等の上級生があの自殺兵器の中にとじこめられ、うつろな表情で時の来るのを待っているかも知れないのだ。しかし、大抵と言っていい位、特攻機の飛び立つのと同時に、敵の艦載機の編隊が現われた。見ている前で、陸攻の葉巻型の胴体が紅蓮《ぐれん》の炎をあげて横辷《よこすべ》りして行き、水面へつっこむ寸前に大爆発を起して、長い水しぶきをあげる事もあった。水道の先、ずっと沖合から、遠雷のような轟《とどろ》きが聞えて来る事もあった。

「艦砲射撃かな?」と壕《ごう》の中で一人が呟いた。みんなは黙って、体一面に塩をふかせたままうずくまっていた。おんぼろの三八《さんぱち》銃、実包二十発。土嚢《どのう》は築いてあるが、十門の十五サンチ榴弾砲《りゅうだんほう》と五門の二十サンチ加農《かのう》、それに重機と対戦車砲の寄せ集めにすぎないこの陣地に、ミズーリ、アイオワの十六吋《インチ》艦砲射撃がふりそそいだらどうなる事か？　しかし彼等は危惧《きぐ》を語りもせず、黙ってうずくまっていた。文句を言ってもどうなる事でもない。死についても戦闘についても、何ら具体的なイメージがあるわけでなく、それを思い描こうとする気力はとうの昔に消えうせた。今日も昼は豆粕《まめかす》入りの握り飯一個とひね沢庵《たくあん》二切れだ。彼等は青ガラスをとかしたような空に、都市爆撃に向うB29の編隊が、キラリと輝きながらすべって行くのを、放心したようにながめていた。暑さも疲労も空腹も忘れ、彼等はただその厳然たる美しさに見とれた。――突然白煙が中空へかけ上った。びっくりするような速さだった。それは空の青に見るみるとけこみ、やがて深い空の奥でかすかな物音がすると、B29の一機がくるりくるりと舞いながら落ちて行った。みんな低い歓声をあげた。誰かがあれこそ、ロケット機『秋水《しゅうすい》』にちがいないと言った。みんなその話をききたがったが、くわしいことは誰も知らなかった。また或《あ》る日、艦載機の跳梁《ちょうりょう》にみんなが掩蔽壕《えんぺいごう》のなかで小さくなっている時、誰かが頓狂《とんきょう》な声で叫んだ。

「後むきにとんどる飛行機がおるぞ！」

みんなは首をのばして空を見た。鮮やかな日の丸のマークを胴に描いた先尾翼《エンテ》型の飛行機が、地を這《は》うように飛んで行き、海面で急上昇した。それは大変な速度と行動性を持ち単機がグラマンの編隊の中へとびこんで行った。あっと言う間に二機を撃墜した。みんなは今度こそ大きな歓声をあげた。震電《しんでん》だと言う呟きがあちらこちらから伝わって来た。二機を撃墜しながら、その奇妙な飛行機は、あざ笑うように残りの敵機の追跡をふり切って遁走《とんそう》してしまった。彼等はしばらくその新型機の話で持ち切り、再びその軽快な姿の現われる日を心まちにまった。しかしそれよりも早く彼等のもとにとどいたのは、水道を北上中の敵艦隊の知らせだった。

艦載機の上空護衛は相変らずだったが、水道で敵艦隊をおそった特攻機はたった二機だった。おそらく基地は壊滅状態にあるのだろう。彼等は海岸ぞいの丘の防禦《ぼうぎょ》陣地で、凍りついたように唇の色を失っていた。しかし敵艦は彼等の前を素通りして行った。アイオワ級の戦艦二隻、ペンサコラ級の重巡一隻、護衛駆逐艦がいそがしく走りまわっているのを、彼等は固唾《かたず》をのんで見ていた。艦隊をおそうのは桜花か、橘花《きっか》か、回天《かいてん》か……しかし何事も起らず艦隊は通過した。間もなく鈍い轟音《ごうおん》がおこり、煙がいくつも上るのが見えた。O市が砲撃されているのだった。

敵艦隊の帰途、山腹の砲台が突然うち出した。「馬鹿！　何をしやがる」と誰かが叫んだ。敵艦隊は単縦陣を作って回転した。戦艦二隻の最初の斉射で砲台は沈黙した。しかし艦隊はまるで遊戯のように旋回しながら、次々に横腹を見せ、海岸をなめるように右から左から、左から右へと砲撃した。彼等の背後にもどかどか砲弾が落ちだした。爆風に吹きとばされ、土砂をかぶり、眼はくらみ、耳は完全に聾《つんぼ》になってしまった。土気色になった彼等が頭をあげたとき、もう眼前には敵艦の影も見えず、誰かが……負傷したのではあるまい、ショックで気がふれたのであろう――甲高い、子供らしい声で、だらだらと尾を引くように泣き続けている声だけがはっきりと聞えて来た。一息つく間もなく、彼等には移動命令が下った。敵の大部隊が、五十キロ南方の無人の浜に上陸し、先頭は既にこの陣地から三十五キロの地点に達していると言う情報だった。

彼は起き上って尾根伝いに下り始めた。どこかに道があるだろう。又民家を見つけなければ腹がもたない。大分傾いてはいたが日ざしはじりじりと暑かった。岩角をふみこえながら、彼はふと胸うちの凍る思いをさせられた。靴底が破れかけている。いつまで持つか？

「第二、第三、第四分隊前へ！」

「第三小隊散開！」

白い街道の両側の岡《おか》に、重機と対戦車砲を運び上げる。擬装する手もあせりにふるえている。前線部隊の抵抗は排除され、敵歩兵の大部隊は二十キロの所まで進んで来た。味方の戦車隊ははるか後方だ。何故《なぜ》こんな所で抵抗するのか、何故砲兵隊の掩護《えんご》火力の後方に撤退しないのか、彼等にはわからない。彼等はたまたまここに配属されていたから、ここで抵抗する。彼等は小さな捨て石だ。みんなの唇は色を失い、眼はひきつっている。もっとひどいのは第二、第三、第四分隊の連中だ。彼等は道路わきの急造の蛸壷《たこつぼ》のなかにひそみ、円盤型の戦車地雷を投げつけるのだ。いや――ちっちゃなやせこけた中学生たちは、地雷を抱いて、キャタピラーの下へとびこめと命令されていた。土気色の顔に汗の雫《しずく》をたらしながら、彼等は足をひきずって斜面をおりて行く。どさっと音がして一人が気が失ってたおれた。小隊長――四年生の一人が駈《か》けよってなぐりつける。彼は、二人ちがいで第二分隊からはずれた事をひそかに感謝した。道のはずれに人影が現われた。

「うつな！」と前方から、命令が伝わってくる。「味方だ」

土まみれでまっ黒にみえる一隊が、とぼとぼと近づいて来た。遠くからでも疲れ切っているのがわかる。二人の負傷者が背負われていた。一人の頭に巻いた汚れた白布に、血の色が鮮やかだ。近くまで来ると、突然その中の一人がかけ出した。

「戦車だ！」とその兵士は絶叫する。二、三人がかけ寄って抱きとめた。兵士は岡へひっぱり上げられながら、恐怖に満ちて叫び続ける。

「戦車だ！　戦車だ！　戦車だ！」

遠くでごろごろというひびきがした。近づいて来る。きりぎりすが突然一声、高く鋭くなく。彼は軽機の銃把をにぎりしめながら、ズボンが生あたたかく、ぐっしょりとぬれているのを感じた。

「FT班、目標物捕捉《ほそく》！」

ついに待ちに待った報告がはいったのだ。

「FT、ハロー、FT、本部及び各班に、目標物の位置を知らせろ」

「FT了解。目標物の位置、おくります」

コンピューターのピュッとなり出す音が、一瞬通信の中にはいってくる。本部の全機構が一せいに動き出した。

「本部よりDZ―MYの各班へ。FT、目標へ近づけ。Dコンバーターは二台、すでに輸送中。FT四十分後の予定位置知らせ。E系統G系統のうち、FTに一番近いものは、FTに協力して、コンバーターすえつけ。他の班は、散開して他区域捜査開始」

「DZ―MY了解」

「FT了解。先遣隊を調査に派遣しますか？」

「ぜひ、そうしてくれ」局長はあつくなって叫んだ。「状況を知らせるんだ。直報しろ」


彼は急斜面の杉林を、木につかまりながらおりて行った。すぐ下に猫の額ほどの盆地が見えた。民家の屋根も見える。途中まで滑りおりてはっと足をとめ、あたりを見まわして横へ横へとたどった。杉林の切れた所に岩場がある。断崖《だんがい》のとっぱなまで行って、彼は腹ばいになった。真下に四、五軒の民家があり、道路が白くうねっている。その民家の前にテントがはられ、トラックが二台ばかりとまっていた。道のずっと向うに埃《ほこり》の列が上り、歩兵や物資をつんだトラックの列が近づいて来て、やがてテントの前を通りすぎて行く。彼は雑嚢《ざつのう》から双眼鏡をとり出した。この双眼鏡は彼の上官だった専門学校の学生が持主だった。顔が機関砲でふっとばされた次の瞬間に、眼をつけていた彼はとびついてふんだくった。後からそれをよこせ、よこさないで、他中学の、体のごつい兇暴《きょうぼう》な少年と大立廻《おおたちまわ》りをやり、ごぼう剣で半殺しのめにあわせるような事までやってのけた。もしその直後に戦闘がなかったら、彼はきっとあの少年に殺されていたろう。それでなくても、陣中の武器をもっての喧嘩《けんか》で、かつて二人の少年が銃殺されている。その命令を出したのは、彼等の中学の教官だったおいぼれの准尉だった。彼等は昔その准尉をいじめたものだった。……

ピントがあうと、いきなり年輩の米将校の赤ら顔がとびこんで来た。葉巻をくわえて何かまくしたてている。視野をずらすと、司厨車《しちゅうしゃ》が眼についた。横手の大きな牛小屋の前に、歩哨《ほしょう》が立っているのは、何か物資でも入っているのだろう。そうだ、一人が丸腰のままはいって行って食糧らしいものをかつぎ出した。あの小屋の警備は手薄だ。裏手からまわれば忍びこめるかも知れない。彼は夜を待つ事にして、岩場の後に再び横になった。

地雷投てきと対戦車砲で最初の一台の戦車は見事に擱坐《かくざ》させる事が出来た。しかしそのため、第二、第三、第四分隊は榴弾《りゅうだん》と火焔《かえん》放射器で殆《ほと》んど全滅した。彼は歯をくいしばってむせび泣きながら、軽機をぶっ放した。砲塔をぐるぐるまわして四台の戦車は斜面に向けて弾丸を打ちこんだ。――しかし中学生達は奇妙な声をあげなかった。片腕をもぎとられてびっくりしたように立ち上りながら、小さく息を洩《も》らしてこと切れる者もいた。彼等は叫ぼうにも声が出ない状態だった。戦車は一たん後退して行った。射ち方やめの号令がひびくと、負傷者のかぼそい呻《うめ》き声以外は何も聞えなくなった。

「後退しましょう」

野戦帰りの兵長が言った。正規の兵は砲手をふくめて三十名しかいなかった。

中尉は判断に迷っているようすだった。

「地雷をばらまいて、大急ぎで後退するんです。敵の砲兵が射って来ますぜ」

と兵長はどなった。その言葉の下から、最初の一発が道路に炸裂《さくれつ》した。彼等は負傷者を背負って後退を始めた。だが、時既におそかった。弾幕は彼等の前後に、恐るべき密度で立ち上り始めた。小高い所に立って手をふっていた中尉の姿は一瞬にけしとんだ。土砂と爆風で息もつけない程だった。彼はわけもわからず、丘をこえて谷へと転がり落ちた。

これが最初の戦闘だった。その後、事態は急速に悪化しはじめた。彼等は、いとも簡単に指揮系統から切り離され、無やみに歩いては、時たま友軍の宿営地に出くわした。しかし大抵腰をおろす間もなく、そこを撤退しなければならなかった。この地方最大の都市Ｏ市からは、避難者の長い列が街道を北に向っていた。道具を背負い、子供をおい、老婆や幼児の手をひいて、女や老人の列はのろのろと動いて行った。中には壮年の姿もまじっており、銃をもった彼等の姿を見ると、慌てて顔をかくすのだった。

九月の末までに、連合軍は四国と九州の南部、九十九里《くじゆうくり》浜《はま》、紀伊《きい》半島西部に橋頭堡《きようとうほう》をきずいた。十月にはいるやいなや、最大の上陸作戦が四日市《よつかいち》に敢行され、それと殆んど前後して、敦賀《つるが》湾にソ連陸軍二個師団が上陸した。十月七日、米空挺《くうてい》部隊は関ケ原《せきがはら》西方に降下した。伊勢湾《いせ》に現われた機動部隊は名古屋《なごや》地区に猛烈な攻撃を加えた。敵の目的が、本州最狭部附近で本州を両断するにある事は明らかであった。中部西部両軍管区では総力をあげてこの楔形《くさびがた》作戦を阻止しようとした。敵軍の勢力は一旦《いったん》つながり、続いて分断され、再びつながった。一方近畿《きんき》・関東両地方に上陸した敵部隊は、じりじりと前進を続けていた。淡路《あわじ》の由良《ゆら》砲台は艦砲射撃のために沈黙させられ、紀伊水道の掃海を終った敵艦隊は遂に大阪湾へ侵入し、大阪湾沿岸は敵の制圧下にはいった。近畿部隊は連日敗走を続け、今は吉野《よしの》川上流紀伊山塊中に二個師団がたてこもる状態にあった。十月下旬、空挺隊による大規模な第二次滲透《しんとう》作戦が始まり、彼は一個小隊の黒桜隊とともに山中に孤立した。

ついに……最後の知らせがはいった。狂った男は、VOOR六八七七で逮捕された。そこでは、狂人は第三の犯罪にとりかかる以前に、つかまってしまったのだ。彼は、えらんだ対象が三つあった事を、あっさり自供した。してみると、彼の犯罪は、二つにとどまったのだ。

造物主よ、感謝します。——局長は思わず、あの理不尽な祈りを呟《つぶや》いた。——あの狂った男の罪が、これ以上拡大しなかった事を、感謝いたします。……

狂気——だが、彼は本当に狂っていたのだろうか？　あのすぐれた知能、すさまじい実行力。そしてまた、彼の狂気に実現のきっかけをあたえたのは、その手段をうみ出して彼に与えた文明ではなかったか？　とすれば、許しを乞《こ》うべきものは誰か？　人類はまたしても、その精神の成熟度を上まわるような手段をうみ出してしまったのか？　それとも、手段の方が常に先行し、人はそれを使って一度は危険をおかさないと、精神自体が成長しえないのだろうか？――人間は永遠に試行錯誤によってのみしか成熟しえないのだろうか？……

夜がふけた。彼は星明りを頼りに岩棚を滑りおりた。昼間見ておいたのだが、小屋の背後は崖《がけ》にくっついており、後にまわれば何とか破れない事もない。見つかったら右手の道ぞいに林の中にとびこみ、向う側の崖をとび降りて逃げる。彼は息を殺して地面に這《は》った。テントからは明りが洩れ、時折りジープのヘッドライトがぎらりと光る。広場は暗く、歩哨が銃剣をかまえて行き来している。向うをむいた時を利用して少しずつ接近する。やがて小屋の裏手へ達したが、板はひどく頑丈そうだった。やっと音をたてないように一枚はずしたが、とてももぐりこめそうにない。歩哨はのんびり煙草をふかしている――トラックの通過を利用して思い切って大きくはがす。歩哨はちょっとふり返ったが、気がつかない。ようやく腕が一本だけはいった。中をさぐる。木箱があり、冷たく重い鉄塊の手ざわりがする。砲弾らしい。又別の方をさぐる。指がやっととどく所に手榴弾《てりゅうだん》がある。二つとったがそれ以上は駄目だ。食糧はない。彼は真黒な憤怒にかられ、やけっぱちな気分になる。手榴弾は雑嚢に入れて後ずさりし、崖へはい上ろうとした時、石の一つがくずれ落ちた。

歩哨が叫んだ。黒い空を背景に真黒な顔、真白な歯、ニグロだ。相手が銃をかまえるひまもあたえず彼はめくらめっぽうにぶっ放した。まぐれ当りに相手の胸板をうちぬいた。黒人兵は笛のような声で叫び、両手を祈るように高く上げた。とり落された自動小銃が空中に向けて火を吐いた。テントから、物蔭《ものかげ》から黒い影がとび出して来る。彼は丸くなって道を横切りながら手榴弾を一発は背後の小屋へ、もう一発はテントへ向けて投げた。鈍い爆音が二つ上がった。弾薬置場が誘発を起すまでに、道路を横切らなければならない。しかし広場はあっと言う間に強い光芒《こうぼう》が交錯した。

「止れ《ホールド》!」

自動小銃の一連射が、彼のかぼそい肩の骨を砕いた。次の瞬間、背後で大爆発が起り、彼の体は宙に浮いた。黄と白の閃光《せんこう》が天から逆さまに生えたように見えた。彼は頭の方から真暗な奈落《ならく》へ落ちこんで行った。がさがさという音がし、体があっちこっちにぶつかった。

眼蓋《まぶた》が鉛のように重い。開いたつもりだが何も見えなかった。チラチラとかすりのように白い光点がとぶ。──意識がもどって来た。一面の星空だ。両側から黒いぎざぎざの稜《りょう》線《せん》が空を切りとっている。全身がいたみ、肩の疼痛《とうつう》は焼けるようだ。喉《のど》がからからにかわき、額から左顔面が血にぬれたのかこわばっていた。

しんしんと虫の声があたりを満たしている。彼は自分の体が崖下のごくゆるやかな斜面にななめにひっかかっているのに気がついた。心臓がごとんごとんと鳴っている。そのうち右足の鈍痛が感じられて来た。動かそうとするとどうすることも出来ない。叫び声が喉を破る。折れている。きっとそうだ。

後頭部に冷たく重い塊があり、そいつが彼を背後へひきずりこもうとする。彼は息をついて、もう一度空を見上げた。もうだめだと言う事がはっきりわかった。河野康夫、十五歳と六か月、祖国防衛戦中に逝く。だが弾薬庫と高級将校はやっつけてやった、と思って、無理に歯をむき出して笑う。十五歳にしてはよくやった方だろう。父も死に、母も兄も姉も死んだ。彼も又この山中で、ただ一人闘い、ただ一人で死ぬ。日本人は最後の一人になるまで闘うだろう。祖国の山河は血と屍《しかばね》に埋まる事だろう。

彼は動く左手で肩のあたりをまさぐった。右肩はずたずたにさけてぬれている。しかしもはや苦痛はない。全身を押えつける、この熱いけだるさも後わずかの事だ……まさぐり続けた指先に、最後の手榴弾がふれた。彼は眼をつぶり、汗をしたたらせながら息をついた。雑嚢《ざつのう》の中には拳銃《けんじゅう》があるが、体の下になっている。彼は眼をつぶったまま安全栓を口で咥《くわ》えた。何か感慨がある筈《はず》だと思うのに、何も思い浮ばなかった。安全栓を咥えたまま、もう一度眼をひらき、星空をながめた。その時、突然何かの気配がした。彼は辛うじて首を曲げ、そちらの方をふり向いた。二十メートル程向うに、黒い影がぼんやり立って、こちらをうかがっている。星空にういた背の高い、ほっそりしたシルエットから、彼は敵だと判断した。銃は持っていない。

「待て！」とその影が叫んだ。「投げるな」

その言葉のアクセントのおかしさが、彼の反射的な動作をさそった。二十メートルもとばない事はわかっていたのに、彼は左手をふって、手榴弾を投げた。それはほんの五、六メートルしかとばなかった。彼はぎゅっと眼をつぶり、閃光と熱が、彼の体を粉々に打ち砕くのを待った。しかし爆発は起らず彼はそのまま気を失った。


「FT班先遣隊十五号……」通信機がピイピイなる。受像は、界域の猛烈な歪《ゆが》みで、ほとんど不可能だ。「十五号……ハロー、本部、通話状態どうですか？」

「良好」局長はカフをあげる。「そっちの状況はどうだ？」

「想像以上にひどいです……」十五号の声はくぐもってきこえる。「上陸作戦による双方の死者約十五万……きこえますか？」

「きこえる。続けろ」

「上陸軍の被害も大きいです。日本側には年少者の死者が増大しつつあります。ハロー本部、急いでください。日本側残存兵力は、本州中央部に集結中……きこえますか？　女子供はどんどん自決しつつあります。──動かないで！　いたむか？──ハロー本部、こちら先遣隊十五号。それから各地のゲリラが、西部及び中央部で抗戦中、むろん彼らに勝ち目はありません」

「十五号！」局長はふと気になって声をかけた。「誰かそばにいるのか？」

「ええ、まあ……」

「規定第一項違反だぞ！」

「でも、けが人です……」

「先遣隊十六号……」別の声がわりこんでくる。「阪神《はんしん》工業地区で労働者の一部暴動発生……きこえますか？　阪神工業地区では、ソ連軍内部の日本人工作員の呼びかけに応じて暴動が発生中、労働者間の同志うちと、労働者対日本軍、労働者対米軍の間で小ぜりあいが始まっています。Dコンバーター、急いでください」

「先遣隊十五号……」今度はききとりにくい声だ。「軍の一部の寝がえりがありました。Dコンバーター」

たしかに予想以上にひどい。あの小さな国は、世界を相手に自殺する気だろうか？　勇ましいギャングの頭目のように……。

「輸送班！」局長はどなった。「おい、輸送班、現在位置知らせ！　コンバーター急げ！早くしないとあの連中、ほんとに自滅してしまうぞ！」

「輸送班より本部……」たのもしげな声がかえってくる。

「ただ今Dコンバーター二基とも両極部へ到着、ただちに据えつけにかかります」

「E系統、G系統！　全班ひきかえせ！　FTに協力、コンバーター据えつけ急げ！」

XT六五一七区は、千八百年代だ。規模も知れているし、QV班にまかせておけばいい。

ありがたい事に、三つ日は未遂だ。したがって、LSTUとXTの二つの地区、なかんずくLSTUに力を集注できる……。

「QV、RW……」局長は叫ぶ。「状況は？」

「こちらQV、Dコンバーターうけとりました。状況はまだ今の所大した事ありません」

「よろしい、まかせる」局長は全班に呼びかけた。「特別調査隊全隊に通告、散開中の各班はLSTU三五〇六に急行。FT班の据えつけ作業に協力しろ……」

「痛むか？」と若い男がきいた。彼は眼をあけた。星明りの中で、男の美しい白い顔がほのかに見えた。痛む右肩に繃帯《ほうたい》があてられているような感じがしたが、左手でさわって見ると、布ではなくてゴムのような手ざわりのものが肩をぴっちりと包んでいた。

「鎮痛剤があればいいんだが、治療は役目じゃないんでね。ほんの応急薬しかもっていないんだ」

彼はその男の妙なアクセントをかみしめるように聞いた。男は妙な具合だった。喋《しゃべ》りながら、間隔をおいてぱっと見えなくなり、又現われる。先刻手榴弾を投げた時も、この男が一瞬消えた事が思い出された。男は彼のすぐそばに現われてヘルメットをぬいだ。丁度おそい月が崖《がけ》の端にのぞき、その男が美しい金髪である事がわかった。男は彼の眼を見てにっこりほほえんだ。

「殺せ」と彼は言った。男はびっくりしたように顔をこわばらせた。

「殺してくれ」と彼はもう一度言った。疼痛はよほど楽になっていたが、今更生き続ける気はなかった。青年は彼の上にかがみこんで、やさしく言った。

「僕は君を助けたんだぜ」

彼はその男を見つめた。突然彼にはわかったような気がした。

「あんた、ドイツ人だな。そうだろ。だから助けてくれたんだね」

青年はゆっくり首をふった。

「残念ながら僕はヒットラーの秘密諜報員《ちようほういん》じゃない」

「そんなら誰だ？」

「Tマンだよ」と青年は言った。「と言ったってわかるまいが……」

その時、上の方で人声がした。サーチライトの光芒が崖《がけ》の上から下へ向けて走った。

「まずいな」と青年は呟《つぶや》いた。「たちのこうか。位置の移動ぐらいは規則違反にならんだろう」

「大目に見よう」とどこかでくぐもった声がした。彼は首をまわして見たが、その青年以外は誰もいなかった。青年は彼の手を握った。水栓のぬけるような音がして、灰色の幕が視界にかぶさった。

「どこから来たって？」と青年は言った。そこは先刻の広場を下に見おろす崖の上だった。一瞬にしてここまで運ばれて来た彼は、夢を見ているようで胸がむかついた。

「さあ……君に言っても信用するかな」

暫らくの沈黙の後、彼はその答をのみこむかどうかを後まわしにして、次の質問を発した。

「あんたは敵か、味方か？」

青年は困ったように頭をごしごしかいた。その恰好《かっこう》には親しみをわかせるような無邪気さがあった。

「そう言われるとよけいに困るんだ。——僕は、この世界とは、関係ないんだ」

彼には青年が頭がおかしいとしか思えなかった。

「なぜ俺の死ぬのを邪魔するんだ」と彼は言った。

「しようがなかったんだ」と青年は言った。「二時間前やっとこの世界を見つけた所だからな。もっと早く来てれば、君の怪我も防げたかも知れん。もっとも君にあえればだがね」

「俺をどうする気だ」と彼はなおもたずねた。「足が折れてるから、結局捕虜になる。だから殺してくれとたのんでるんだ」

「そんなに死に急ぐ事はないだろう」と青年は困り切ったように手をひろげた。「君達の考える事はわからんね。それにどっちみちこの世界は、あと五時間一寸《ちょっと》で消滅するんだ」

彼は頭をふった。まるきりチンプンカンプンだった。——世界が消滅するのはいっこう平気だった。どっちみち彼は死ぬのだ。

「いや……消滅と言うより、基元的世界へ収斂《しゅうれん》されるんだがね」

「どっちでもいい」と彼は頑固に言った。「俺をどこかの部隊へ送りとどけるか、殺すかしてくれ。でなきゃほっといてくれ！」

「よし、ほっとくとも」と青年はとうとういら立ったように叫んだ。「わからん子供だな。この時代の日本の中学生は相当な高等教育をうけてると聞いたんだが……。もともとわれわれが君たちと個人的交渉を持つ事は規則違反なんだ。僕は行くぜ」

「待ってくれ」と彼は言った。左手で襟をさぐり黒い桜のマークをはずすと、それをさし出した。

「どこか友軍に出あったら、報告しといてくれ。黒桜隊第一〇七七部隊、河野康夫。負傷のため自決しそこないましたが、捕虜にはならんつもりです、とね」

青年は刺すような眼付きで彼を見つめていたが、不意にその姿は消えうせた。黒桜のマークはうけとらなかった。一人になると不覚の涙が流れた。死にそこなうなんて、恥だ！彼は息をつめ、苦痛をこらえてはらばいになると、右手と左足だけで崖っぷちまではって行き、身を投げた。高さは十メートルたらずだが、岩にぶつかれば死ねるだろう。……しかしその体は再び宙空でうけとめられた。

「やめてくれ！」と青年は哀願するように叫んだ。「やはり見殺しには出来ない。説明してやるからそんなに死にたがるな。――いいか、君、この世界はまちがってるんだぜ……」

「何がまちがっているんだ？」

ふたたび岩の上に横たえられた康夫は、ともすればもうろうとなりかかる意識をふりしぼって、その青年にくってかかった。「この歴史のどこがまちがっているんだ？　鬼畜米英と闘って、一億玉砕する。陛下もともに……日本帝国の臣民は、すべて悠久の大義に生きるんだ。どこがまちがっている？」

「そうじゃないんだ……」青年は困ったように首をふった。正しい歴史では、日本は八月十五日、天皇の詔勅によって、無条件降伏しているんじゃないんだ。

「何だと？」康夫はカッと眼を見開いた。「日本が無条件降伏なんかする事があってたまるもんか！」

「それが本当の歴史なんだよ」青年はヘルメットをぬぐと、金髪をなであげた。——北斗はめぐり、夜はふけていた。星明りで見ると、そのととのった白い顔は、どこか現実ばなれした優しさにあふれていた。

「それじゃ、これはうその歴史だっていうのか？」康夫は嘲笑《あざわら》った。「俺のおふくろは、のどをついたぜ。俺の友人はみんな死んだ。日本人は、女も子供も、みんな死ぬまで闘う。俺は米国兵を沢山殺したし、今は死にかけてる。……これがみんなうそだっていうのか？」

「うそとはいわない」青年は悩ましげな表情でいった。「だが、基元的なものじゃないんだ。これはそうあってはならない世界なんだ」

「これがいけなくて、なぜ無条件降伏の方がいいんだ！」康夫は叫んだ。――突然崖の上から探照灯がきらめき、頭上を機銃の斉射が走った。青年は康夫の口をおさえた。しかし康夫はもがきながらなおもいった。

「畜生！　スパイ！　毛唐《けとう》！――お前らに、俺たちの事がわかるもんか！」

「静かに！」青年はいった。「君はわからん子供だなあ……八月十五日の無条件降伏が唯一の正しい歴史だという事が、わからんのか？」

「なぜそれが正しいんだ？」康夫は歯がみしながらくりかえした。「お前らに、そんな事をいう権利はないぞ」

「正しいというのは、もともと、それしかなかったからだ」青年はかんでふくめるようにいった。「そうなんだ。本土抗戦なんて行き方は、あとからつくり出されたものだ。これはいけない事だ。歴史は一つでなければいけない。だからこの本来の軌道からそれた歴史は、基元世界に収斂されなければならないんだ」

「お前らに、そんな事をする権利があるのか？」康夫は頑固にくりかえした。「俺が、何のために闘い、何のために死ぬと思うんだ。俺は国のために死ぬ事を、ほこりに思ってるんだ。……要するにお前は、この世界を破壊しようっていうんだな？」

「破壊じゃないよ。消滅――いや収斂されるんだ」と青年は熱くなって言った。「消滅と言ったって、ありとあらゆる意識も消えるんだから、つまり、そのう、破壊とはちがうんだよ。わかるだろ。この世界の人類は消滅に立ち会わない。予期しない。だから恐れようがない」

「もう一つの世界では、日本が無条件降伏して……」と彼は嘲笑うように言った。「それで俺はどうしてるんだ？　やっぱり自決してるんだろ」

青年はきっと唇を結んだ彼の顔を見つめた。何か決意したようだった。

「君がこの世界で自殺しようと、それはかまわないはずなんだ」と青年は言った。「そうだ、それは確かにそうだ。もう一つの世界では、君は又別のあり方をしているだろうし、君が十五歳で死ぬべきこの世界は、あと四時間で消滅するんだからね。――よし、君の意識はもうじき消えるんだから、最後の規則違反をやろう。君に本当の君の姿を見せてやる」

青年は彼の手をとった。それが氷のように冷たいのにふと眉《まゆ》をひそめながら、青年は言った。

「うまく見つかるかどうかわからないが、やってみよう。君のもとの住所は？　学校は？」

彼がそれを告げると再び灰色の幕がおりた。その幕が薄れて行くと、眼前に汚らしい風景がうつった。茶色や灰色のごちゃごちゃ重なったのは見憶《みおぼ》えのある焼跡だった。そこが母校の近所だと言う事は間もなくわかった。遠くに半焼けの校舎も見える。しかし見憶えのないのは駅前の汚らしい雑踏だった。路上にござをひろげたり屋台を出したりしていろいろなものを売っている。芋《いも》、飴《あめ》、コッペパン、鍋釜《なべかま》類。汚らしい土気色の顔をした男達が、ずだ袋をさげてうろついている。突然彼の学校の制帽をかぶった連中が現われた。何やら談笑しつつ、露店の食物を物ほしそうに見ている。その中に彼がいた！　ゲートルも巻かずに、何とだらしのない恰好だ！　ジープが走る。子供達がヘーイと手をふる。米兵がチューインガムを投げてやると、争って拾う。

「畜生！」と彼は叫んだ。「こんなの、我慢できるか！」

「まあ待て」と青年が言う。

米兵の腕にぶら下るように、でくでくと汚らしい女どもが、赤いベンベラ物を着て歩いている。……向うから赤旗の群れがやって来る。とげとげしい顔付きの男達がわめいている。立て万国の労働者……

「ソ連軍に占領されたのか？」彼は聞く。

青年は首をふった。場面はかわってプラカードとデモの波だ。ワッショイ、ワッショイの声がして、列は蛇行をはじめる。と、その中に又彼がいた。もう大学生になっていた。彼は我慢できずにまた叫んだ。

何事だ、あれは！　しかし今度は彼はどこかの娘と肩を並べて夜の公園を歩いている。こちらの彼は眼をこらした。すると突然傍の青年が叫んだ。

「大変だ。こうしちゃいられない」

眼の前の風景がぱっと消えた。青年は興奮した顔で喋《しゃべ》り続けた。

「米国へ行った連中からの報告だ。米国は三発目の原爆を完成した。もうそいつをつんだB29がマリアナをとび立ったそうだ。間もなく信州上空へ達する。局長は変換装置作動を三十分後にくり上げた。原爆が落ちるまえに消さないと、悲惨の上ぬりだ。僕は失敬する。

のおそばで……」

「待ってくれ!」と彼は叫んだ。「俺を信州へつれてってくれ。どうせ消えるなら、陛下

僕まで消されちゃかなわんからね」

青年はけげんな顔をしたが、それでももう一度彼の手をつかんだ。灰色の幕……今度は手荒くほうり出された。異様に寒く、一面霜のおりた高原の、草むらの中だった。彼はかすむ眼に、黒く鋭い稜線《りょうせん》を描き出す山脈を見た。——しかし、もう意識が朦朧《もうろう》としていた。今度こそ本当に死にかけていることがわかった。四肢の感覚は全くなくなり、負傷した箇所だけが、かすかに、遠く、銀の毛でこすられるような痒《かゆ》みを感じさせ、その痒みは数キロも離れた所にあるように思われた。冷たく重い死が、暗い水のように下半身からはいのぼって来て、腹から胸、そしてかすかに動く心臓にのしかかろうとしているのがわかった。人間って、下から死んで行くのか、と彼はふと思った。二度三度、暗黒の波が脳の中をおそい、その合間にふと意識をとりもどすと、高原の夜は、湖のように静かであり、草むらの底から見上げると、暗黒の空に凍りついたようなすさまじい星々が、またたきもせず輝いているのだった。

最後の喘鳴《ぜんめい》に喉《のど》がなるのがわかった。ふいに彼は、やり忘れた事を思い出して、最後の力をふりしぼった。天皇陛下万歳と叫ぼうとした時、突然彼はあの光景を思い出した。——日本が負けたなんて、そんなバカな! 日本にかぎってそんな事はあり得ない。……だがあり得ない事ではない、という恐ろしい想像が、意識のカーテンの影から、静かに姿を

あらわそうとしていた。——馬鹿野郎！　彼は必死の力をふりしぼってその想像と闘った。お前は、死におよんで日本人としての信念をなくしたのか！　そんな事はあり得ないんだ。それでは、すべての日本人の死、俺の死がむだになってしまう……この内心の闘いのため、ついに彼は万歳を叫ぶ力を使いはたしてしまった。果しない闇におちこんで行く時、彼は心の中でそう叫んだつもりだった。だが最後に暗黒の中をかすめたのは、無意味な、とりとめのない思いだった。

——あの、手ににぎっていた黒桜隊のマーク、どこへ落したのかな……

＊

時間管理庁特別捜査局の、F・ヤマモト局長は、厖大《ぼうだい》な時空間をこえて連行されて来た〝狂人〟とむかいあっていた。黄ばんだ皮膚、鷲鼻《わしばな》、黒い髪……知能特Aランクとひと目でわかるその秀でた額の下に輝く眼は、情熱以上の、何か憑《つ》かれたようなはげしい光をたたえ、それをこの男の知性がぞっとするほど危険なものに見せている。天才にして狂人、かつ帝王なるもの——それ鬼神ならん、という所か……。

「なぜ、こんな大それた事をしたんです……」

博士号を持つ相手なので、局長はていねいな口調できいた。

「あなたは、この特捜局にとって、史上最初の本当の歴史犯罪者だ。そして、そういう犯罪者は、あなたをもって最後にしたい……だが、なぜやったのです？」

特捜局あつかいの、時間犯罪の記録は、すでに厖大なものになっている。その中で歴史にちょっかいをかけて、それを変えてやろうと企てた連中もすくなくない。しかしそういった連中は、大抵はおめでたい妄想狂だった。時間機で過去にさかのぼって、歴史上の重要人物を殺す……彼等の考えつくのは、大方そういった事だ。パスカルを読んで、わざわざクレオパトラの鼻をつぶしに行ったものもいた。だが、その男は、クレオパトラが何人もいた事を知らなかった。ナポレオンを幼時において殺したものもいた。だが、すでに十九世紀において、ジャン・バチスト・ペレスはナポレオンの存在を否定していたし、そのナポレオンがいなくても、また別のナポレオンがやっぱり皇帝になった。個々の事実の不確定性——あのシムスの事実不確定率と、歴史の不変性によって、歴史犯罪は成立し得なかったのだ。

　だが宇宙開発の発達にともなう亜空間航行の発明は、ついにそれを可能にした。跳躍航行機関の原動力となる次元転換装置と、時間機をむすびつける事により、任意の数の異なった歴史をつくりうるという事を最初に指摘したのが、ほかならぬこのアドルフ・フォン・キタ博士——歴史研究所の若き逸材だった。だがその意見は、専門外からの発言だったので、物理学者によって無視され、同時にその理論の危険性も看過されてしまったのだ。

　特捜局の敏腕な、アンリ・ヴォワザン警部だけが、それに注意をはらった。警部からは、もうだいぶ前に意見書が出ていた。キタ博士が、先祖返り型の衝動的傾向を持つ事、ある種の秘密結社にはいっている事、そして歴史論の分野で、きわめて特異な、歴史可変論の創始者である事……すでに度々の次元嵐を経験し、異次元空間の観測を定例化しているポルックス系宇宙から、異次元空間に出現した別個の太陽系について報告をうけた時、特捜局がただちにそれに対応できたのも、ヴォワザン警部の慧眼《けいがん》があればこそだった。

「お答えねがえませんか？」局長はかさねていった。「われわれがあまりに早くあなたをつかまえたのを意外に思っておられるでしょうな」

「君は、私をほうっておくべきだった」狂人は静かな声でいった。

「それはできない」局長はいった。「歴史は単一であるべきです」

「なぜだ？」狂人は突然叫んだ。「君にそんな事をいう権利はない！」

局長の傍に立つ十五号は、ふと動揺した。それはあの子もいった事だ。

「なぜなら……」局長はちょっと瞑目《めいもく》した。「それは反道徳的だからです」

狂人はカラカラと笑った。

「わかっているよ」と狂人は言った。「君の手もとにある僕の書類――それにはこう書いてあるんだろう。狂人。歴史上の暴君、革命家、破壊的英雄の崇拝者。十世紀代日本のサムライ道徳の心酔者。研究題目、カリギュラ、アヘノバルブ（ネロ）、呂《りょ》氏の子（始皇帝）、チェザーレ・ボルジア、ロベスピエール、ナポレオン、レーニン、ヒットラー……、最終専攻は日本史……」

「あなたは、とくに日本をえらばれましたね」局長はいった。「明治維新における幕軍の勝利、それと一九四〇年戦役日本の焦土作戦……この二つの選択には、特別な理由があったんですか？」

「単に手始めというだけだ」狂人は答えた。「たまたま一番くわしくしらべていた所だったから……それに私は日独混血だ。そのなりゆきを見て、あらゆる時代に手をそめるつもりだった」

局長は顔がこわばるのを憶《おぼ》えた。もし無数の歴史が製造されてしまっていたら……あるいはその事は、現在の世界を律している道徳を根本から変えてしまうかも知れない。

「ヨーロッパ戦線で、ナチに、原爆とV兵器による勝利をもたらすつもりだった。レーニン死後のソビエトで、スターリンにかわってトロツキーに政権をにぎらすつもりだった。F・ルーズベルト時代のアメリカで、進歩党のウォーレスに花を持たせるつもりだった。四〇年戦役後のヨーロッパで、フランス、イタリアの共産党に政権をとらせるつもりだった……」

キタ博士は指をおって数えた。つまりそれだけの数の「世界＝歴史」をつくるつもりだったのだ。

「なぜそんな事をするのです？」今度叫んだのは十五号だった。「二十世紀において、そんなに沢山の歴史を作り出す事は、それだけの数の悲惨さをつくり出す事だ。僕がむこうで出あった、十五歳の少年の話をしましょうか？」

「悲惨だと？」博士はもえるような眼をあげた。「悲惨でない歴史があるか？　問題はその悲惨さを通じて、人類が何をかち得るかという事だ。第二次世界戦争では、千数百万の人間が死に、それとほぼ同数のユダヤ人が虐殺された。地球全人口の一割に達するこの殺りくを通じてもたらされた戦後の世界が一体どんなものだったか、君たちは知っているか？　そしてその時の中途半端さが、実に千年後の現在にまで、人間の心の根を蝕《むしば》む日和見主義になって尾をひいていることを、君たちは考えた事があるか？」

テーブルをたたいて立ち上った博士の姿はまさに狂人のものだった。眼は熱をふくんでギラギラ輝き、口角には泡がういた。

「犠牲をはらったなら、それだけのものをつかみとらねばならん。それでなければ、歴史は無意味なものになる。二十世紀が後代の歴史に及ぼした最も大きな影響は、その中途半端さだった。世界史的規模における日和見主義だった。だからはっきりいって、第二次大戦の犠牲は無駄になったのだ。全人類が、自己のうち出した悲惨さの前に、恐れをなして中途で眼をつぶってしまったのだ。もうたえられないと思って、中途で妥協したのだ――日本の場合、終戦の詔勅一本で、突然お手あげした。その結果、戦後かれらが手に入れたものは何だったか？　二十年をまたずして空文化してしまった平和憲法だ！」

ヴォワザン警部は局長にちょっと眼配せした。局長はうなずいた。

「そんなことなら、日本はもっと大きな犠牲を払っても、歴史の固い底から、もっと確実なものをつかみあげるべきだった。どうせそれまでさんざん悲惨さを味《あじわ》って来たのだ。焦土作戦の犠牲をはらうくらい、五十歩百歩だったじゃないか。日本という国は、完全にほろんでしまってもよかった。国家がほろびたら、その向うから、全地上的連帯性をになうべき、新しい〝人間〟がうまれて来ただろう。――帝国主義戦争を内乱へ、という有名なテーゼがある。現に、君たちの発見した時は、日本で労働者の内乱が起りかけていたじゃないか！」

「博士……」ヴォワザン警部は静かにいった。「あなたは歴史研究の名目で、たびたび、当時の日本に行かれましたね？」

「それがどうした？」犯人はどなった。

「時間旅行の安全規定のうち、一定期間内に一定回数以上は同時代へ行けないという規定があるのを御存知でしょう？　その限度をこえると、時界転移の際のゆがみが脳に蓄積されて、記憶障害や精神疾患が起るのですよ」

「僕が日本史に身を入れすぎるというんだな？」狂人は歯をむき出した。

「むしろ、当時の日本人みたいに話しておられますよ」

「何も当時の日本だけじゃない。僕はあらゆる時代にわたって、それをためすのだ」博士はますます興奮しながらいった。「なぜ、歴史がいくつもあってはいけないのだ？　それが可能なら、平行する無数の歴史があってもかまわないじゃないか？　無数の可能性を追求する。無数の歴史的実験があっていいのに、なぜ、やりなおしのきかないこの歴史だけに、人類が甘んじなきゃいけないのだ？　最も理想的な歴史的宇宙をえらぶ権利がなぜないのだ？　権利は常に可能性によって押しすすめられる。それが可能になったならば、その時は我々もまた、理想とする歴史をえらぶ権利がある」

狂人はパッと両手をあげた。

「僕はついに、人類を歴史から解放した！」

「それはまちがっている」局長は静かにいった。「あなたのその妄想自体が、すでに歴史的制約の産物です」

「妄想だと？」狂人は嘲《あざけ》った。「君たちにはわからんさ」

「我々の時代は、すでにそういった考え方をのりこえているのですよ」局長はテーブルをとんとんとたたきながらつぶやいた。「そういった考え方を必要とせず、この単一の、やりなおしのきかない歴史を生きてこそ、我々は人間なのです。人間は、自己を保つために、いくつもの可能性を破棄して来た。人間が人間を食べる事……こんな合理的な事もね。それから永生手術も破棄しました。機械に人間の脳を移植する事も……」

「君たち保守主義者の方が、よっぽどすさまじい歴史犯罪者じゃないか！」狂人は怒りにみちて叫んだ。「人間の無限の可能性をつみとったんだ！」

「それというのも、〝人間〟という種の維持のためでした」局長は答えた。「歴史には拡大ばかりでなく、縮小も必要です。種とその文明が、具体的な形をとるためには、それが全宇宙の可能性の中に、拡散し稀薄《きはくか》化してしまうのを防ぎ、つなぎとめなければなりません。無限に、演繹《えんえき》的に可能性を追求して行けば、ついには人間は、自分自身がわからなくなってしまうのです」

局長はふと、タイムスコープの方をふりかえった。

「はっきりいって、われわれの時代の道徳は、保守主義です。ですからわれわれの時代は、数十世紀前のモラルにとても似ている。……道徳の復古現象は、必要によって起るのです」

「さあ、行きましょう」ヴォワザン警部は博士の腕をとった。

「すぐに時間裁判所へ行くのか？」

「いいえ、病院です」警部は冷静にいった。「精神鑑定をうけて——きっと実刑はまぬがれるでしょう」

「あくまできちがいあつかいするんだな！」

「申しあげにくいが、過度の時間旅行による歴史意識の後退現象が起っています」

「歴史学者が、対象年代に夢中になるのは当り前だぜ」

「いいえ、博士」警部はおだやかに笑った。「あなたが、まるで二十世紀の人間のような感情をもったというだけじゃありません。それなら単なる想像力過剰現象でしょう。——しかし、あなたは、自分が正常だと思っていられるでしょう」

「あたり前だ」

「それがおかしいのですよ。あなたはさっき、二十世紀の歴史的な傷が、千年後の今日まであとをひいていると言っておられましたね。あなたは三十世紀の意識でしゃべっておられる。けれど現在は、あの第二次大戦から五千年たっているんですよ……」

＊

「やっちゃん……康彦ちゃん！」

妻が子供をよぶ声に、康夫は本をとじた。プルーストの「失われし時を求めて」の最終冊「見出《みいだ》された時」を、たった今読み終えた所だった。――学生時代からの念願が、いま果たされたのだ。彼は草原にねたまま、伸びをした。

ぬけるような青い空、初秋の志賀《しが》高原の空気は、早やひえびえと肌にしみる。二歳半になる長男がキャッキャッとはしゃぐ声と、妻の少女のようなアルトが、野面をわたってくる。彼は疲れた眼をとじて、母と子の声にききいった。

地には平和、天には光を……

「さあ、かえりましょ。お父ちゃま呼んでらっしゃい」

まもなく小さな足音が近づいてきて、乳くさいほっぺたを押しつけられるだろう。彼は眠ったふりをしながら、微笑をうかべて待った。――商社につとめて六年、はじめてのゆっくりした休暇だった。だが明日はもうかえらなければならない。夏も終りだ。

予期した足音は、途中でとまどっている。母子でいいあらそう声がきこえる。

「だめよ、康彦ちゃん。そんなものばっちいわよ。パイしなさい」

「いやン!」

断乎《だんこ》として子供はいう。強情は父親ゆずりだろう。彼は思わず失笑する。パタパタとおぼつかない足音がして、草の中から小さな顔がのぞき、にぎりこぶしをつき出す。

「おとうちゃま、はい、これ」

彼は笑いながら手でうけた。泥にまみれた、小さな、黒いエボナイトの円板だ。

「だめねえ、康彦ちゃん。そんなものひろって……」妻が白いブラウス姿であらわれた。

「あなた、なああに、それ?」

彼は指で泥をこすってみる。下からすりへった模様があらわれる。

「何かのマークだよ」彼はいう。「桜のマークだ」

「まあ、黒い桜? おかしなマーク……」妻は無邪気な笑い声をたてる。「黒いブームね」

彼は突然ぼんやりして、それを手ににぎりしめた。一瞬――ほんの一瞬、奇妙な冷たい感情が意識の暗い片隅を吹きぬけた。陽がかげったように、周囲が暗くなったように見え、この美しい光景が、家族の行楽が、ここにいる彼自身、いや、彼をふくめて社会や、歴史や、その他一切合財《いっさいがっさい》が、この時代全体が、突如として色あせ、腐敗臭をはなち、おぞましく見えた。――しかしそれはまばたきする間の事だった。彼はそのマークを、子供の手にかえすと、小さな体を勢いよく抱きあげた。

「さあ、帰ろうね。ホテルで御飯だよ」

「ぼくね、おなかすいた」子供はいばっていう。

「明日はおうちよ。うれしいでしょ」と妻。

「おとうちゃま、赤い赤い」

ほんとにすばらしい夕焼けだ。

夕焼け小焼けで日がくれて……夫婦と子供、三人の合唱。地には平和を……。

「康彦ちゃん。これもうパイしようね」

「うん、ばっちい、パイ」

黒い小さなものは、真紅の落日の中を、子供の手をはなれて草むらへとぶ。

「バイバーイ！」子供は叫ぶ。

山のお寺の鐘がなる……

――地には平和を。

日本売ります

1

旦那《だんな》、ご商用ですかい？　それともおたのしみで？　ひょっとしたら、何か学術研究でも？――ああ、ちがうんですか。いえね、さっきからずっと海ばかり見ておられるんで、なにかここらへんのことを、しらべにこられたのかと思いましてね。

ええ、そうです。この海のむこうがシベリアでウラジオストックには、夕方につきます。ここから先あたりが、昔、日本海とよばれていました。――いまじゃ、もうみんなベタベタに、太平洋とよばれてますが……

三十年前までは、日本がちょうどこの波の下あたりにあったんです。――こんな具合に弓なりにね。この波の下あたりは、ちょうど――そうですな、近畿地方かな、中部地方かな、そんなところです。そして売りとばした当の本人てのが――何をかくそうこの私なんですよ。

ああ、あなたも信じてくださらない。今まで何度も声をはりあげ、胸をたたいて告白しても、誰も信じちゃくれなかった。そりゃ、私はペテン師でホラ吹きです。だけど、日本人でありながら、わけもわからないうちに、自分の国を売りとばしちまったことの悔恨は、うそいつわりはありません。その証拠に、昔日本のあったあたりを眺めると、ホラ、こうして涙がうかんでくるんです。信じても信じなくても、私が日本を売りとばしたいきさつを、おききになりませんか？　どうも話さなくちゃいられないんです。——別に、この話をしてお鳥目《ちょうもく》をいただこうというんじゃありません。ただよろしかったら、そのハバナを一本、御馳走《ごちそう》していただけませんか？——ありがとうございます。

2

日本って国が、突然地球の上から消えうせちまったことはご存知でしょう？　たった一日のうちに、かげもかたちもなく——ああ、それは知ってるが、ここらへんにあったことは知らなかったんですか？——そうなんでさあ、三十年前のある日、突然長さ二千キロ、大小二千の島からなる日本列島が、そこに住んでる人や街もろとも、煙のように消えちまったんですよ。世界中がひっくりかえるほどのさわぎになりました。世界中の学者が首をくくりかねまじきありさまでした。どう考えてもワケがわからなくって、結局日本列島は、何らかの原因で突然「異次元空間」へはいりこんでしまったんだろう、ということになったんです。「異次元」なんて便利な言葉で、人間だろうが島だろうが、わけのわからない消え方をすれば、みんな「異次元」でかたづけちまうんです。

ええ、そりゃ——たしかに「異次元」にいっちまったのはまちがいないんです。しかし、それは、ただ消えたというだけじゃなくて……

実は——日本は売りとばされたんです！

三十二、三年前、私はあやしげなパナマ国籍の不定期船《トランパー》の下級船員でした。——学生時分といえば、語学の天才とかなんとかいわれて、四か国語ペラペラで、卒業後自分である商社をはじめたりしたんですが、私自身は語学以外に、ホラとペテンの天才でした。商社だって、はじめからインチキをやるつもりでこしらえたんで、電話一本に私一人、輸入と見せかけて手付けをだましとったり、為替信用紙《エル・シー》をぶったくって、カメラのかわりにガラクタを輸出したり、さんざんあくどいことをやってとうとう食いつめ、しばらく神戸《こうべ》へんでもぐりの客引き《パイラー》なんかをやった上、とうとう外国船のとびこみ水夫になりました。

それから、ヨーロッパから南米へんをうろつきまわり、船も三度ばかりのりかえ、その間にも、いなか者の船員や、ポッと出の観光客、外人と見れば親切にしたがる人たちを相手に、ミミッちいペテンをやりました。ひっかけられた当の本人さえわからないように、ごく地味に、巧妙にやったんですが、それでも船員仲間に「ペテン師のコマ」の名で知られるようになりました。私の名は（駒木咲夫てんですが、奴等はコマってよぶんです）——そうよばれて一目おかれると、またぞろ昔の悪い虫がぶりかえし、十や二十のはした金じゃなしに、ここらでまた一つ、アッというような、国際的な大ペテンをぶちたいもんだ、とウズウズしてきました。

そんな気になっていたところ、——そうです。あれはマルセーユの「ポポ」ってしけた安酒場で、顔なじみの火夫やら下級船員なんかと、たちの悪いアブサンやジンをガブ飲みしながら、おだをあげてた時でした。酔っぱらっているうちに、悪口の応酬から、だんだんお国自慢の話になってったんです。ノールエーやらオランダやら「世界に冠たる《ユーバー・アッレス》」ドイツっぽやら、お国自慢となると眼の色かえるフランスやイタリアの船員たちが、てんでに自分の国がどんなにすばらしいかということを、ワイワイわめきあったんです。——しかし、弁舌となると、ガクのあるペテン師の私にかなうやつは、自分の名さえろくに書けない水夫たちの中にいませんでした。私が、自分の国ニッポンが、どんなにすばらしい国かということを立板に水とまくしたてると、野郎どもはケチョンとなって、黙って私の話にききいりました。——すっかりいい気持になって、大演説をぶっていると、突然後の方で、誰かが感にたえたように、ホッと溜息《ためいき》をつきました。

「なるほどねエ……」と溜息の主はつぶやきました。「ニッポンって、そんなにいい国ですか……」

ふりむくとそこに、こんな場所にはめずらしく金のかかった服装の小男がキチンと腰かけていました。——ただ、その服ですが、ロンドンはシャヴィルあたりの仕立てらしい、パリッとしたものなのに、どうも体にあわない所がある、サルかカッパが服を着たみたいなんです。顔といえば、ツルリとして、耳がとンがって、まン丸の大目玉で、——ほれ、キツネザルってのがいるでしょう。あれみたいな感じなンです。だけどこちらが酔っぱらってたので、その時はそれほど気味が悪いと思いませんでした。

「旦那……」って、私はいい気持で声をかけました。「どうです、話だけでも、日本はお気に召しましたか？」

「はい、気に入りました」その男は口をパクパクさせて、妙な訛《なま》りのフランス語でいいました。「あなた、ニッポンのお人？」

「そのとおり！」と私は胸をはりました。「東洋は神秘の国、サムライの国、フジヤマ、ゲイシャガールのニッポンのものでさァ」

「わたし、ニッポン気にいった。話、あります」その男は、いやに細長い指をクネクネさせながら体をのり出した。「あなた、ニッポンの島、どこか売りに出てる所、知りませんか？」

「島ですって？」

「ハイ、私、どこか島を買いたいとおもっています。できれば大きな島……住民たくさんいてもよろしい。私、住民めいわくかけない」

その時になって、私ははじめてそいつのみなりを、はっきり見なおしました。――服だけじゃなく、ほかの所もすごく金がかかっています。プラチナ台の、十カラットもありそうなダイヤの指輪を二つはめ、ネクタイピンは金に真珠とサファイア、胸の金鎖にはでっかいエメラルド――こんな国際港の裏通りで、殺されたり、すられたりしないで、よくここまでやってこられたものだと思いました。身のまわりにやたら金をかけてるくせに、それがちっともそぐわず、言葉つき、おずおずした態度からも、ひと目で田舎者と知れました。――皮膚の色が青黒くよどんでいるのを見て、こいつぁ混血黒人《カボクロ》か何か、とにかくどこかの土民との混血だなあと知れました。

その時、私の頭にすばらしい考えがひらめきました。――いなか者の大成金、おまけに島が買いたいなどとぬかしやがる。こいつァ、とてつもない大ペテンをやる千に一つのチャンスじゃないか！

「ねえ……」私はいいました。「話にのってもいいですよ。でも、ここじゃ何ですから、一つ河岸をかえましょうや」

そのあたりではかなり高級な、白葡萄酒《しろぶどうしゅ》に生がきを食わせる店に、そのカモをくわえこむと、私は単刀直入にきりこみました。

「島なんてミミっちいことといわずに……」私はタバスコソースにつけた小えびを一つ口にほうりこみ、ちょっと間合をはかりました。「いっそ、日本そのものを買いませんか？」

「オオ！」奴はびっくりしたように、その異常にとび出した眼をぐりつかせました。

「本当に買えますか？」

「私が仲立ちしてもよござんすよ」私は自信たっぷりにいいました。「第一、日本全体が、島のよりあつまりですからね」

「それ、すばらしい！」奴《やっこ》さんは有頂天で叫びました。「ぜひ、買いたい！」

「だけど、金はどのくらいあります？」私は用心してききました。「日本全体を買おうと思ったら、かなりいりますぜ」

「金ならいくらでもあります。――でも、本当に買えますか？」

「金で買えないものなんて、この世界にありませんよ」と私はいいきりました。

「わかりました。ではとりあえず……」男はポケットから分厚い札入れを出して、千ポンド札を五枚ならべた。――それから妙な書類を出して、私におしつけました。

「ここに代理人の契約書と手つけあります。サインしてください」

田吾作《たごさく》と思った相手が、コミッションの額まで細かく規定してある契約書を、手まわしよく用意していたので、なんだかこちらの方が一ぱいくったような気がしましたが、私はなんとなくいわれたとおりにサインしました。

「じゃアこれで……」と私は、札《さつ》をにぎって立ち上りました。「宿にかえって荷物をとって来ます」

「だめです！」いきなり男はニヤリと笑ってギュッと私の手をつかみました。――ネバネバした、ゾッとするほど冷い手でした。「今から、あなた、私の代理人です。私のいうとおりしなさい。服あげます。荷物ほっておきなさい。――私たちすぐ日本へたちます」

マルセーユから男のオフィスのあるボンへ、そこからルフトハンザ航空でトウキョウへ……八発のジェット機にのって成層圏へ舞い上った時、私は夢を見てるようでした。あのうす気味悪い、カエルみたいないなかッペに、ケチな男とはいえ国際的ペテンもやった私が、まるでいいなりにされているのです。——男の国籍はリヒテンシュタインでした。アルプスの中にある最高に小さな国で、当時は世界の大金持の隠居、たとえばロスチャイルドなんかいた国です。

「でも、うまれは、もっと遠国です」と男はいって謎めいた笑いをうかべました。

——東京へつくと、都心部の目だたない所へ事務所をかまえ、さて、私は男のいいつけどおり、日本を買いに——私の方からいえば〝売りに〟かかりました。——すいません、葉巻にしぶきがかかっちゃいました。もう一本いただけますか？

3

それでも、最初のうちは、まだ私はたかをくくっていました。——日本へくりゃァこっちのもんだ。そのうちごっそり買付け資金をごまかして逃げてやろう——そう思いつつも、一流地の、調度のすばらしい事務所で、でかいデスクに足をのっけて、あちこちの不動産屋をよびつけて、他人の金でツラをはるのは悪い気持ではありませんでした。まずここらあたりがペテン師のだいご味です。私のコミッションだけでも豪勢な生活ができたのに、その上ちょいちょい金をごまかしました。そうしないと、うっかり自分がペテン師であることを、忘れそうになったからです。

はじめは、日本中にいっぱいある不動産会社を通じて、売りに出ている土地をかたっぱしから買いました。見たこともない北海道のはずれや、木曾《きそ》の山奥も、かまわず買いあさりました。――当時は土地ブームで、やたらに宣伝していました。

「どこそこを買いましょう！」という威勢のいいコマーシャルをきいて、男は目を丸くしていました。

「ほう！　私のライバルたくさんいますね」と男はいいました。「あなたハッスルしてください」

ぜったいに目立たないようにやってくれといわれたので、一部をのぞいては、無数の他人名義を使いました。それがきかなくなると、ふつうのサラリーマンにたのんで彼の名義で土地を買わせて登録し、それを担保にいれさせたり、譲渡証をこさえたりしました。

――他人名義で土地を買って、その名目所得税や、固定資産税まで負担してやるのですから、大変な物いりです。おまけに、名義をもっている人間は、わずかな使用料をはらえば、その土地を自由につかっていいってンだから――まったく何をやってるんだかわかりませんや。

もちろん、こんなことをするには、おそろしく金がかかります。男は、相当な額をもちこんで来ていましたが、やがて底をつき出しました。――個人がやたらに外貨をもちこむと、どうしても目につくというので、男が考えたのが、およそバカげたことでした。

まず小さなインチキ商社をやたらにつくります。そこへむかって、世界中いたる所にちらばっているオフィスから、ジャンジャンいろいろなものを発注します。なるべく小さくて値がかさむものを——それをこちらの商社から、オガクズだの石炭ガラなどつめて、どしどし送る。——昔とった杵《きね》づかで、私にとって税関検査をゴマかすのなんかお手のものでした。このインチキものに対して、男のオフィスからは、ほんものの為替を送ってくるのです。——そのほか、大きいものは発電機（外側だけでした）から小さいものはトランジスターまで、ありとあらゆる名目をつかいました。私は妙な気分でした。むかしはオガクズでペテンをやったのに、今では同じオガクズを、送金のために使うんですからね。——でも、日本経済は、輸出だけがいのちでしたから、出て行く外貨には神経質でしたが、はいってくる外貨には寛大でした。もし、そのうち、通産省の統計を詳細にしらべてみれば、原料輸入がへっているのに輸出がふえているという妙な現象に気がついたでしょうが——いえ、ほんとです。実際私たちのやったことの規模のでっかさといったら、しまいには通産省の生産と輸出統計にあらわれるぐらいになってたんです。正直いって、一九六×年度の外貨実績の×パーセントは、私たちの獲得したもんだったんです——

男の資産ときたら、どのくらいあるのか見当もつきませんでした。ほとんど世界中に、オフィスやエージェントがあるらしく、支払いも、ドル、ポンド、ルーブル、さまざまでした。

「いったい何でもうけたんですか？」ときくと男はニヤリと笑いました。

「ダイヤモンド、金、白金……いろんなものです、みんなたくさんできます……」

「なんですって？　金をつくるんですか？」

「いえ——出てきます」

なんだかくさいと思ったけど、要するに金の出所なんかどうでもいいことでした。

4

こんなに土地を買いまくっていれば、値段が上ってくるのは当然でした。しかし、地価というやつは、ただでさえうなぎ上りで、私たちが買った影響はあまり目立たなかったばかりでなく、ある程度まで行くと逆にさがりはじめました。私たちのエージェントが、買った厖大《ぼうだい》な土地を、うんと安く、しかもベラ棒に借手に有利な条件で貸しだしたからです。

土地は買うより借りる方が安くつく、しかも有利だ。——この宣伝が行きわたるのに、時間はかかりませんでした。土地をもちたがっている連中も、土地を直接買うより、借地権投資という方向にむいてきました。地代は時おり、固定資産税さえ下まわりました。こうなると、一方では売地不足でやたらに高くなり、投機的な買いあさりがへってきます。

この同じ手が、坪何百万という目ぬき通りにも使われました。地主に対しては、高額の値段をしめす上に、むこう三年間、地価値上り分の三分の一をしはらうという、条件をつけました。その上、担保物件として価値を云々《うんぬん》なさるなら、地上建造物にのりかえなさい、そのためには、とても有利な借地を提供してあげるとすすめるのです。——これなら大ていおちました。私たちも、むろん、買った土地を担保にして、銀行からどしどし運転資金をかりていました。しかし、私たちのエージェントの赤字集計は、あっという間に数十億になりました。――税務署には巧妙な手をうってありましたが、それでも、私はもはやペテンどころではなく、冷や汗をかきながら、ボスのいうままに土地を買いあさっていたのです。

いったい、こんなにバカな金の使い方をしてまで、なぜ日本の土地を買いたがったのか――物には限度がありそうなもんだって、私も何度か思いました。

だけど世の中にゃア、何億の金をつまれても売りたくないものや、逆に何億の金をつんでも手に入れたいものもあるでしょう。――だからこそ、古ぼけた切手にあんなバカみたいな値段がついたりするんですねェ……

5

そのうち、買えるだけの土地は、ほとんど買いつくしてしまいました。あとはなかなか売らない連中ばかりのこりました。――私が行きづまったと報告すると男はどなりました。

「オー、バカねェ！　売らなければ、売るまで待とうホトトギス。別の手考えなさい」

男が指示したのは――これも大がいバカげたやり方でした。つまり無期限売買約定書というのをバラまくのです。今すぐ売っていただかなくてもいい、好きなだけ持っていてください。だけどもしお売りになろうと思ったら、その時は手前どもにおゆずりくださいという約束をかわすことで――無期限だから、売りたくなけりゃアいつまでも売らなきゃいいんです。売る時の値段のきめ方は、先方に有利になってるし、これには農家をはじめ、大ていの連中が首をタテにふりました。おまけに、いつ売ってくれるかわからない約束をとりつけるのに、高い金をはらったんですから――私は自分がペテン師じゃなくて、慈善家になったような、いやーな気持になりました。慈善家ってのは、きっと頭がどうかしてるんですね。ペテン師の方がよっぽど人間らしいや。

最後まで難物だったのは、一にぎりの頭の固い頑固者と、それに大企業の不動産経営をむこうにまわしたことでした。

「大丈夫、これ、胸ポケットいれて、交渉行きなさい」男は何だか妙なポケッタブルラジオみたいなものを貸してくれました。「これ、私の会社、秘密につくった、意思疎通の機械。これもって、手ごわい相手、みーんな説得にまわりなさい。これあれば、相手はあなたのいうこと、ききます――いや、あなたのいうこと、わかります」

どうも変な気持でした。相手をこちらの言いなりにする機械なんて――ひょっとしたらこいつもそれを使ってて、それが私にもむけられてるんじゃないかと思うと――何だか自分が操り人形になったみたいでした。

それでも、その機械はテキ面に効果を発揮しました。大企業の重役や株主でさえ――私たちは無理おしせず、もっぱら例の約定書をかわすことに力をそそぎました。――大企業のおえら方だって、地上権、採鉱権いっさいを要求せず、所有権移転だけ、それも売るのは百年先でもかまわないとなれば、現実的には大した責任もないから、まあいいだろうということになりました。それに一たん売ったあとも、地上権所有者は、再転売に大きな発言力をもつことになってるんだから——まあ売る方にしてみりゃ、買う奴のツラがみたいてなもんですね。でも、そのうち目先のきく奴が地上権売買を専門にはじめ、やがて世間では地上権投資というものが、かつての不動産投資と同じような活況を呈してきました。おわかりでしょう、やつは、土地をもっているということを無意味にしちゃったんです。所有権を凍結したんです！　いったいどのくらいの金が動き、そのためにどんなカラクリがあってどうやってお役人や政府の眼をごまかしたか、もうそのころには私なんかまるっきりわかンなくなってました。——ただあいつのいうとおりに毎日毎日、悪夢を見ているような気持で、何千とあるかくれたエージェントを動かし、やたらに人とあってたんです。

6

こうして、日本中の私有地という私有地は、直接間接、やつのものになり、そうでないものも、いつかは彼のものになることになりました——ええ、むろん売買約定書だって、こちらの名義は無数に細分化されて、それが全部彼につながるということは、決してわかンないようになってました。だけど——本当は彼のものだったんです。天にかけてちかってもいい。誰も気づかず誰も思っても見なかったんでしょうが——大ぜいの人間が、それぞれ他人が分割所有してるとばかり思ってる土地が、実は、蜘蛛《くも》の糸みたいな約束や眼に見えないからくりを通じて、みんな彼のものになってたんですよ。——売買約定書だって、ちゃんと効果を発揮しました。土地ってものは回転するもンですからね。毎日どこかで売買されてるんですが、それが売られる度に、ガチャンと歯止めがはいって、借物の、あるいは仮定の名義を通じて、彼の手におちるんです。

こうして、私の仕事は終ったかと思いました。だけど――

「ダメ！　まだ国有地ある」と彼はどなる。

「でも国有地ってのは国家の所有で……」

「所有？　財産？　それならば必ず売ることとできるし、買うことできるはずです。あなた、いった。金で買えないもの何もない、と――金あれば、アイデアだって、女の心だって買えます。プロ野球、人間買います。人の自由も買える。国家のものでも国家が所有してるなら、その所有権、かえるはずです」

こういうわけで、ついに国有土地台帳や、国有地払い下げ委員会にまで、首をつっこむことになりました。国有地はどんどんはらい下げてましたが、こればかりは、うるさい議員さんや役人相手だから、むずかしかろうと思いました。ところが、――それが何とかなっちゃったんです。払い下げをうけようとする民間業者を、かたっぱしにまわって、払い下げられた土地を転売する時は、ぜひこちらに、という約束をかわしました。（何しろ、相手にイヤといわせない機械があるんですからね）いや、それどころか、ついには国会まで動かして、「観光資源保護財団」「土地運営公団」などという団体を、将来において払いさげられる国有地公有地の善用と、土地値上りをふせぐという名目で発足させ、（公団は政府との折半出資でなく、わずかながらこちらが多くしてありました)たとえ山のテッペンであろうと、それが公有地であるかぎりは、所有権を動かそうとするとまずその団体にころがりこむことになりました。

所有権がある、ということは、何らかの形でそれを譲渡できるということです。だから、誰も所有権を主張しない空気や太陽は、誰も売ることはできません。しかし、たとえ富士山の頂上でも、どこかの離れ小島でも、個人法人を問わず、所有権があるということは、なんらかの形で買うことができるということでした。

こうしてごく一部の、公共道路や住宅公団の所有地などをのぞいて、日本の土地は寸土をあまさず彼のもの――またいつかは彼のものになる、ということになりました。山も河も島も湖も――土地を利用する権利は、すべて日本国民のものであり、地上権には一切ふれない形なので、見たところ日本の国は、昔とちっともかわらないように活気にみちていました。にもかかわらず――その土台は、私と彼以外誰も知らない影のようなカラクリを通じて、すべて彼のものになったのです――私は何だか日本という国が、地面からはなれて、フワフワ浮き上っているような妙な気になりました。

「ありがと！　これで日本、私のものです」高額のドル小切手を私によこしながら、カエル野郎はいいました。「あなたの義務、免除してあげます」

金をもらったら早くズラかろうと思いながら、私はふとたずねました。

「で、これから日本をどうするつもりです?」

「オー、むろん、私の国へもって行きます」カエル野郎は事もなげにいいました。「日本、ほんとにすばらしい、複雑な国ね。景色美しい、高い山あります、島あります、大雪ふる所、熱帯みたいな所あります。古い歴史あるし、近代文明あります。世界中の産業、世界中の文学、世界中の食物、世界中の人、世界中の文明、みんな少しずつありまーす。超近代的な科学もあれば、原始人みたいにくらしてるとても貧しい人ありまーす。東洋もあれば西洋もありまーす。日本は、世界の縮図ね、何でーもちょっとずつ、何もかもあります。エキベンみたい、箱庭みたい国。——これ地球文明のちっちゃなサンプルとして、一番いい国でーす」

「で、いったいあなたの国はどこです?」

「あそこ……」と男は夜空に輝きはじめた星を指さしました。「遠い遠い国でーす」

「じょうだんじゃない!」私はどなりました。「いくら何でも、俺の国をそんな所へもってかれてたまるもンか!」

「でも、日本という土地は、みんな私のものね」男は笑いました。「だいじょうぶ。私住民に迷惑かけない、いいました。日本の人たち、サラリーマンもお百姓も漁師もインテリも学生も、政治家も実業家も、作家もみんな今までとちっともかわらない生活できます。地面の上の生活、そっくりそのまま土地だけ私の所へもって行きます……」

「最後に一つだけききかせてくれ」私は奴がキチガイか、本当によその星の野郎かわからず、うす気味悪さに逃げ腰になってきました。「もし、お前さんに、そんな――日本をよその宇宙へもってくほどの力があるなら、なぜ、こんなもってまわったことせずに、いきなりもってっちまわないんだ？」

「私たちの星、商売の星、取りひき契約、とても重んじます」男はカラカラと笑いました。「私、ほとんど合法的でした。日本や世界の財産――金や白金やダイヤモンドいくらかふえてるはずです。――でも、あんな安っぽい役に立たないもの、なぜありがたがりますかねェ」

奴の笑い声をききながら、私は恐ろしさのあまり後も見ずに逃げだしました。――自分がとんでもないことをしてしまった、という思いが私の心臓をしめつけました。前から用意していた国外脱出用の船室《ケビン》つき大型ヨットにとびのって、とにかく日本から無我夢中ではなれようとしました。日本の、はるか沖合に出て、ふとふりかえった時――ええ、あれが起ったんです。ネオンや電灯が美しく照りはえる夜、日本の上空に何台ものすごくでっかい――そう「円盤」てェ奴が舞いおりて来て、宙にとまりました（見た奴はほかにもいると思うんですが、誰もその時のことをいいません）。そのたくさんの円盤の下から、何か青白い、すきとおった幕みたいなものがおりて来て、日本をすっぽりつつみました。――と思うと、日本の島々はそっくりそのまま、まるでビニールの袋にいれた金魚みてェに、海の水もいっしょに、しずかに宙空につりあげられていくじゃありませんか！――あまりのものすごい光景に、私は声も出ずに立ちつくしていました。円盤につり上げられた日本は、みるみる天空高くもちさられ、——はるか遠くのあのカエル野郎の星の方向へ消えて行きました。——そのとき、日本が消えたあとに起った大ツナミのために、私のヨットはひっくりかえり、私の財産も海の底へ沈んじまいました。

＊

こういうわけで——日本は、私の手ではるか遠い宇宙の彼方《かなた》の星へ売りとばされちまったんです。私こそ、ほんとの意味で「売国奴」ってわけですね。——私は、その後、自分のしたことの恐ろしさと悔恨に泣きくらし、とうとう一時は精神病院にはいってました。それからまた船乗りになり、こうやって、この海を通るたびに、後悔となつかしさに、涙を流すんです。

だけど——日本てぇいう国は……ほ、ほんとにいい国だったなァ……死んでから人の値うちがわかるように、日本って国もなくなってみると、ほんとに、ほんとにいい国だったてぇことが、胸にしみますね。——汚ならしくて、人間がウジャウジャいて迷路みたいにいりくんでて——そのくせやさしくて、小《こ》粋《いき》で、おっそろしくエネルギーにみちあふれてて……あのやさしい日本女性の笑顔や、フジヤマや——あの美しくかわいらしい緑の山々、箱庭みてェな島と海、日本料理や古いお寺の閑静さや、やたらに何でも知ってるインテリや、キチガイじみた大都会のさかり場のネオンや——そんなものがすっかり、この世界から消えちゃったんですよ。これが……これが泣かずにいられますかい！　しかも——それは、この私がやったことだ。この大馬鹿野郎のインチキの、うぬぼれかえった小悪党が、あいつに「日本をお買いなさい」なんてすすめたからなんです。私は――私はこの汚らしい手で、あの宝石のような日本、私の国を売りとばしちまったんです……。

だけど、――考えて見りゃァ、もってる奴がいるから買う奴もいるんで……実際、土地なんてものは、空気や、太陽の光みたいに、「誰のものでもないが、みんなのものだ」ってことにしときゃよかったんですね。そしたら、誰も持っているわけじゃないから、持ってねぇものは売るわけにゃいかないでしょ。そしたら土地がやたらに上ったり、欲の皮のつっぱった奴が、使わねェ土地をかかえこんでいたり、――あの「商売の星」のカエル野郎につけこまれることだってなかったろうと思いますよ。

――しかし……あなたのお国はどこだか知らないが、お気をつけなさいまし、あのカエル野郎は……あなたの国にだって行ってるかも知れませんよ。あなたの国だって、一見今までと何のかわりもない、今までどおりの忙がしく、活発な生活がいとなまれているのに、その実、うらへまわってみれば、わけのわからないいりくんだしくみで、よその国の野郎にこっそり売りとばされてるかも知れませんよ。都市や電車や工場のたってる土地が、知らぬまに担保流れになって、遠い星の連中の手に、ごっそりにぎられてるかも知れません。あの日本のように、そこに住んでる奴の誰もが気がつかないうちに、それこそ国ぐるみ、住んでる奴や建物ごっそり居抜きで、うすっ気味悪い奴に売りとばされてるかも知れません。――事実、昔はこの海の上、今、船の進んでるこの水の下にあった日本って国は、その手で星の彼方へ売りとばされちまったんですからね。いや笑いごとじゃありません。だけど——旦那《だんな》、ニヤニヤ笑ってますね、そういやァ——あんた、ばかに耳がとンがって、大目玉だが——まさか、あんたもまた、どっかの国を買おうとしてるんじゃないでしょうね？

ある生き物の記録

誤解

口笛を吹くと、車のやつは、ハアハア息をはずませながらうれしそうにとんできて、なめらかにとまると、ポンとドアをあけた。

「見はらし台へゆこう」と彼がいうと、車はまるでギャロップでもしそうな、はずんだ調子で道路へとびだした。

「運転してほしいのか？」彼は、電流計の針がはげしくゆれるのをみてつぶやいた。「よしよし……」

彼はおざなりにハンドルをにぎった。

車はもともと、電子脳をつかって完全自動走行するし、行く先をいってさえやれば、マイクでうけた彼の言葉を電子脳で分解して、記憶装置の中にぎっしりつまっている世界中の道路地図の中から、目的地に行く最短路を見つけ出し、おまけに中央交通局のながしている交通情報から、いちばんこんでいないコースをえらんで、自分ではしって行くのだから、別にハンドルをにぎる必要はない。——だが、おきまりの道をよく知っていて、ほっておいても歩いて行く馬が、それでも主人に手綱をとってもらうのを喜ぶみたいに、この車も、彼がハンドルやアクセルにふれて、右へ、左へ、あるいは速く、おそくと、かるい合図をおくってやるのを、ひどく喜ぶみたいだった。

なにしろ結婚の時に買ったのだから、もう三年になる。

「この型はとても丈夫で、それにしても――なんというか――人なつっこいですよ」新車のセールスマンはピカピカの車体をたたきながらいった。「きっとお気にめします」

たしかにその車は、彼と妻の気にいった。車の電子脳は、すぐ主人たちの癖や好みを記憶し、そのうえ二人によくなれた。――車にも、生き物のようにそれぞれ個性があるとは、自動車がまだ不細工な、判断力のない機械のかたまりにすぎないころからいわれていた。――そして完全自動化から、電子脳つきのおそろしく精妙なのりものになって以来、その個性というやつは、ほとんど生物のそれに近くなった。――丈夫で、馬力がつよく、ひどくかしこい馬みたいなものだ。

だが、その車がこのごろちょいちょいすねてみせるのだ。たとえば――見はらし台まではうれしそうにコロコロはしってきたくせに、見はらし台にポッツと立っている若い女性の姿を見つけると、急にスピードをおとし、足ずりするみたいにノロノロ走り出す。

「またか！」彼は舌うちした。「機械のくせに、人間のやることに干渉するなよ。誰とあおうといいじゃないか！」

「ヘーイ！」若い娘は、彼を見つけて手をふった。彼も手をふりかえした。

「待ったかい？」娘のそばまでくると、彼は手をのばした。それから舌うちして、車のボディをたたいた。「コラ！　ドアをあけろ！」

「あらいやだ、すねてるの？　この車……」娘は肩をすくめてクスッと笑った。

「ああ――女房以外の女性をのせると、むくれるんだ」彼も苦笑して、車に命じた。「さあ、しずかな道をとおって、森の方へ行くんだ……」

「きげんなおして、私にもなれてちょうだい」娘はシートにすわりながら、車のボディをたたいた。「あしたは、あなたをかりるんだから……」

いやいやながら、という調子で走り出していた車は、ビクッとしたようにきき耳をたてた。

「車をかりたいって？」彼はいった。

「だって、電子脳つきの車なんて、自分でのったことないんですもの。思いきり、とばしてみたいわ」

「一日かい？」彼はしぶしぶいった。

「二日――遠のりしたいの。ねえ、いいでしょ」娘は甘えた声を出した。

「あさっての晩までにしてくれ」彼は困ったようにいった。「あさっての晩は、女房が、旅行からかえってくる……」

翌々日の晩――彼が少しいらいらしながらまっていると、おもてに車がとまった。とびあがってドアの所へ行くと、はいってきたのは妻だった。

「おかえり……」と彼は、気落ちしたようにつぶやいた。「お母さんはどうだった？」

「元気よ」妻はみやげものをなげ出すと、せきこんでいった。「車は？　車庫はカラよ」

ほらきた、と彼は眉《まゆ》をしかめた。女房は車となると夢中だ。

「ちょっと……」

「故障？」

「いや——人に貸した」

「まァ！」妻は柳眉《りゅうび》をさかだてた。「なんてことを！　あれは家族の一員よ！」

いさかいがはじまろうとした所へ、テレビ電話で緊急ブザーが鳴った。あわててスイッチをいれると、いかつい顔の男が出た。

「警察の交通課です」と男はいった。「T3—403はお宅の車ですか？」

「そうです。なにか……」

「がけからおちて、のっていた男女は即死です」

「男女ですって？」彼はまっさおになった。

「そうです——車がかってにがけからとび出しました。電子脳が故障してましたか？」

「いいえ……」彼は口をパクパクさせた。

「電子脳の記録装置に、事故寸前の乗客の会話がのこっていました。——この声にお心あたりは？」

突然スピーカーから、あまったるい彼女の声がながれてきた。

「そうよ……彼は、とてもお人よしの甘ちゃんなの……奥さんにしかれてるんだわ……あら……いや……だめよ……」そして突然はげしい悲鳴……。

事態を察したらしい妻は土気色になった。――彼は突然顔をおおった。

「おお！」と彼はよろめきながらうめいた。「わかった！　きっとそうだ……バカな奴！　あいつは誤解してたんだ！　だから今の会話をきいて、おれと女房のために復讐《ふくしゅう》を……なんてバカな機械だ！　あいつは彼女を、おれの情婦か何かと思ってたんだ。おれのたった一人の、血をわけた妹を……」

観月譜《かんげつふ》

「健ちゃん……」

枯れた朝顔の蔓《つる》のからむ四つ目垣のところに、ほの白く小さな顔がうかぶ。

「はい、これ——おそくなってごめんね」

垣根ごしにつき出した手の先に、白いふわふわしたものがゆれている。——尾花だ。

健一はちょっと背のびして、手をのばす。

「まあ、すみませんね、よしこちゃん。——健一が自分でとりに行けばいいのに、氷水をのみすぎておなかをこわしちまって……」

母親が縁側にでてきて、すらりと日和下駄《げた》をつっかける。——白い足、小粋《こいき》に着こなした撫子《なでしこ》模様の浴衣、束髪の下の細おもての白い顔——すずしい顔だ、と健一はふとほこらしく思う。

「よしこちゃんとこ、お月見の支度は？」

「あたい、自分でしたの……」

「まあ、一人で？」

「うん——おとっつぁん、また、お酒のんでる。おっかさん、とどけもの」

母親の顔がそっと横をむく。

「じゃ、うちにいらっしゃいな……」母は明るくいう。「うちも、お父さまが旅行中で、健一と二人だけでお月見なの」

垣根のむこうの、小さな夕顔の花のような顔がこっくりうなずくと、消えた。小さな下駄の音が裏をまわって、木戸のひらく音がする。

「さ、これおあがり」

麦湯が二つ、縁側にちょこんと腰かける二人の間におかれる。――縁側に出された経机の上には、三方《さんぼう》につみあげられた、白く丸い団子、枝豆、ゆでた栗、きぬかつぎ……母親は、よしこのとどけたすすきを花瓶にいける。

「あ、お月さま、出た！」

むかいの家の棟から、すっと冴《さ》えわたった銀盆のような月が姿を出す。――うすいほを長い雲が、ゆっくりと横切って行く。

〽出た出た月が……

よしこの、調子はずれな、舌たらずの歌声……。健一が横をみると、母がずんなりとした手を、月にむかってあわせるのが見えた。――お父さまのこと、思ってるのかな？　ふと旅先の父を恋う思いにかられ、見上げれば、冴えわたった月に、ピンとはねた八字ひげがうつるような気がする。

「かげふみしようか？」

健一はおこったようにいう。――よしこはこっくりうなずいて、小さな赤い下駄をならして、庭へおりる。——白銀の光にぬれる土の、くっきり小さな影、チョコチョコゆれる下げ髪と、くろずんで見える、赤いメリンスの兵児帯《へこおび》……。

「かげふんだ！」

くるりと後むいて、反対側に走り出す。——路地のどぶ板の陰に、庭の草むらに、虫の音は、降るようにかしましい……。

＊

ビヤホールにさそわれて、健一はふと、今夜のことを思い出し、同僚のさそいをことわった。——家へ電話をかけ、デパートの花売場でやっとのことで、尾花を見つけ出し、ラッシュの電車の中を、花をちらさないように苦労しながら、もってかえった。

「なんですの？　突然……」よしこは急ごしらえの月見の支度をしながら、あきれたようにいった。

「いや——考えてみると、ずいぶん長い間、お月見をやってないことを思い出したもんで……」

健一は照れくさそうにいった。——アパートのバルコニーにテーブルを出して、三方もないので、皿の上に団子がのっていた。

「こさえたのか？」と健一はきいた。

「いいえ、お菓子屋で……」とよしこはいった。「こさえようにも、しん粉なんか、そこらへんじゃ売っていませんもの……」

「浩一は？」

「また夜あそびでしょう……」よしこは尾花をいけながらいった。「このごろ、お友だちのスポーツカーに夢中で……」

「困ったやつだ。――お月見ぐらいいっしょにすればいいのに……」

「でもあなた……」よしこはクスクス笑いながらいった。「お月見ったって、この団地じゃ、前のアパートが邪魔になって、夜中にならないと見えませんよ」


団地の広場のベンチに、だまって坐《すわ》っている両親を、かえってきた浩一が見つけた。

「なにしてるんです？　こんな夜ふけに……」細いズボンの青年はおどろいて声をかけた。

「お月見をしてるんだよ」父親はいった。「今夜はお月見なんだ。――突然思い出したんでね」

「ここへ来ておかけ……」母親はいった。「お月見団子があるよ」

「お月見か……」青年はクスッと笑って空を見あげた。「レインジャーのとった写真を見ましたか？――月もずいぶん散文的になっちまった」

「そうだね」と父親はいった。「だけど、人間は、時に自然を、そのあるがままの姿で、見ることも必要だよ。どんなに科学がすすんでも、自然を美しいものと感ずることができれば、その人間の味わえる幸福が一つふえるわけさ」

＊

「どうして電気を消しちまうの？」小さい子供たちが口をとがらした。「今夜、おもしろいテレビがあるよ」

「今夜は、お月見なんですって」母親は保存食をトレイの上に、ぶきっちょにならべながらいった。「私もよく知らないけど、おじいさまがそうおっしゃるのよ」

「月なんか見たって面白くないや」子供は不服そうにいう。「それになぜ、今夜じゃなくちゃいけないの？」

「なぜか知らないが、ずっとむかしから今夜ということになっているんだよ」祖父がいう。

「古い、日本の習慣だそうだよ。私も浩一じいさんから教えられたんだ」

「ずっとやらなくて、今年になって突然思い出すなんて……」と父親は笑う。

「そういうもんだよ。人間は年をとると、突然子供の時のことを思い出し、それを小さな子供たちに教えてやりたくなるのさ。人間はきっと、そうやって、ずっとむかしから、美しいものをつたえてきたんだよ」

ドームがガラガラとあくと、雲一つない夜空がひろがった。――月が早いスピードでのぼってくる。

「きれいだな――」孫がつぶやく。「今まで月がきれいだなんて、思っても見なかった」

「本当は――もっときれいなものだよ」

そういって老人は、早いスピードですれちがう、火星の二つの小さな月を見つめた。そして地球の月を知らない孫たちのことを思って、ふと胸をいためた。

谷川をながれてきた、どこかの星の宇宙船のカプセルを、最初に見つけたのは、彼の妻だった。

車についているクレーンをつかって、やっとひきあげると、そのピンク色をしたカプセルは、ポカッと音をたてて二つにわれ、中から見なれない宇宙服を着た、異星人がころがりでた。――よほど濃い大気の星に住んでいた人間と見えて、その星の大気にふれると、うすら赤い宇宙服はみるみるふくれ上った。

「たすけてもらって、ありがとう」その宇宙人は銀河系共通語ではなしかけてきた。「おれ、ムームー。郵便ロケットを運転中、故障で爆発したんだ。脱出カプセルでとび出すのがやっとだった。――あんたたちは？　この未開の星にハネムーンかい？」

二人は顔を見あわせた。

「まあ、そんな所だ」彼はうつむきながらいった。「おれ、ジス、――それから妻のバスだ」

「君たちのロケットの燃料をわけてくれないか？」とムームーはいった。「このカプセルでも、燃料さえあれば、星間定期郵便航路まで出られる。そうしたら定期宇宙船がひろってくれるだろう。君たちのロケットは？」

「それが……」と、彼は口ごもった。「このずっと河下の所で、この星の未開でどう猛な蛮族に占領されている」

「私たち、武器をもたずに外出したの」と、妻のバスはいった。「かえろうとしたら、占領されてたのよ」

「じゃ、君たちはどうするんだ？――かえらない気か？」

「ぼくたちは、駈《か》け落ちしたんだよ。ムームー……」と夫は妻の手をしっかりにぎっていった。「ぼくたちの星は、階級差がきびしい。貴族階級の女と、中級労働者の男は結婚できないんだ」

「私たち……ずっとこの星に住むつもりなのよ」

妻はいった。

「赤ちゃんもできるけど――なんとかやって行くつもりよ。この星の文明はまだ未開だし、蛮族さえ気をつければ、獲物はたくさんいるし……」

「武器ならある」ムームーは二人を見くらべながらいった。「君たちの車をかしてくれるか？」

「ああ、いいよ」と夫はいった。「ぼくがついて行くといいんだが、――ごらんのとおり義足で、足手まといになるだろう」

「いいよ、助手ならつれている」

ムームーは鋭く口笛を吹いた。――カプセルの中から、小さなロボットが肩に何かをかついでちょこちょこ出てきた。

「小さいけれど、けっこう役に立つ。それから……」ムームーはロボットの肩から、翼のはえた小型ミサイルのようなものをとりあげた。「このとおり偵察用のミサイルもある」

「私たちの犬もつれて行きなさいな」と妻はいった。「道案内の役に立つわ」

ムームーが河をくだって行ってから四日目――夫婦はとつぜん、ジャングルの奥に、自分たちの犬がほえる声をきいた。

「やっつけたぞ！」ムームーは車の中から、元気よくさけんで、燃料容器をふりまわして見せた。「かなりこっぴどくけちらしてやった。……もう手出しはせんだろう」

「よかったわ……」と妻はいった。「じゃ、これであなたはかえれるのね」

薄桃色のカプセルのブースターに、燃料をつめこんでから、ムームーは、ちょっと二人を見つめた。

「世話になった……」とムームーはいった。「ところで――君たちは本当にこの未開で、野蛮な星にとどまるのかね？　銀河系文明の世界へかえる気はないのかね？」

「私たちのことは、忘れてほしいわ」と妻は夫をしっかり抱きしめた。「おねがい――かえっても、私たちの星の人間に、二人のことをしゃべらないで」

「約束するよ」とムームーはうなずいた。

それから、カプセルの方に近よりかけ、またちょっとたちどまって、考え考えいった。

「この河を河口までくだって行くと、わりとおとなしい農耕人種の部落がある。――彼らは日ごろ、あのどう猛な狩猟民族に苦しめられていたから、今度はぼくがやっつけたのを相当恩にきているはずだ。君たちも、そこへ行けば歓迎されるんじゃないかな。ここもいいが、生まれてくる子供のことを考えたら……」

「ありがとう」ジスはいった。「そうするよ、ムームー」

ムームーは、手をふってカプセルにのりこんだ。


ロケット噴射で、その星をはなれながら、ムームーは一面においしげる原始林の中に、逃亡者の夫婦の姿がのみこまれて行くのを、じっと見おろしていた。

彼ら夫婦は、これから河を下って行くだろう――とムームーは思った。そして、彼らの身につけた、あの高度な文明や知能も、やがてこの星の圧倒的に未開で、原始的な生活の中にのみこまれて行き、やがてそれは痕跡《こんせき》もとどめないほどになって行くだろう。――それとも、彼らの子孫たち、彼らをうけいれた未開種族の部落の人たちは、彼らの記憶をなんらかの形でうけついで行くだろうか？　それにしても、その記憶は、はるかに遠くかすかに、とりとめもないものになり、ついには原形もとどめないほどゆがんだものになって行くのではないだろうか……。

＊

「おばァ、おはなし……」

孫が、いろりばたで、眠い眼をこすりながらあくびまじりにいう。

「これ一つで、ねるんだぞ」

おばァは、そだをかきたてながら、ポッツリポッツリはなしだす。

「むかしむかし、じいさまとばあさまがおったと……。じいさまは山へ柴刈《しばか》りに、ばあさまは川へ洗濯に行ったと……。ばあさまが川で洗濯をしていると、川上から、どんぶらこ、どんぶらこと……」

SF番組

電話でテレビ局によばれたプロダクションの男は、営業課長の横に代理店の男と、編成課の男とスポンサー代表とがいっしょにすわっているのを見て、まずいことだな、とすぐにピンときた。

「やあ」プロダクションの男は、わざと景気よくいった。「いつまでも暑いですな」

三人の男は、そっぽをむいたまま、ああ、とか何とかモゴモゴいった。

「例のSFフィルムのことだが……」編成課長は、単刀直入にいった。「次の分はどこらへんまでつくっている？」

「ええっと、〝宇宙の扉〟ですね」プロダクションの男は、手帖《てちょう》を出してパラパラとめくった。「ああ、これだ。――もう先週から第九回分の制作にはいってます。今週中に、あがるはずですが……」

「実は……」代理店の男は、いいにくそうにいった。「そいつを中止してもらいたいんだ」

「キャンセルですか？」プロダクションの男は、覚悟していたようにいった。「ですが、ワンクール（十三週分）の約束で……」

「わかってるよ。――だから、まァ早い目に制作をうちきってもらって、おたがいに、いた手をすくなくしたいんだ」

「むろん、これまでの制作費はもちます」スポンサー代表はいった。「しかし、この番組は、来週からおります。——御諒承《ごりょうしょう》ください」

「まあ、私のほうとしては——」プロダクションの男はいった。「制作費さえ何とかしていただければ、文句はないんですが——しかし、どこがお気に召さないんですか？ 企画書やパイロットフィルムをごらんになった時はだいぶ気のりしておられたようだが……」

「最初のうちはね……」とスポンサー代表はいった。「こちらだって、いったんのりかかった以上、せめてワンクールはおりたくないんですがね。でも、いろいろ批判がありまして……」

「回をかさねて見るごとに、いやになってくるというのは珍しいね」代理店の男はいった。

「それに、話があまりに荒唐無稽《こうとうむけい》になりすぎるし……」と営業課長。

「第一、少しグロテスクすぎますよ」とスポンサー代表。

「それに、へんに高級すぎてひとりよがりの所もある。先週出てきた、何とかの理論てのは何です？ 長々と説明してたが、大学の理学部卒の男にもわからなかったらしい」

「視聴率も下るばかりだしね」と編成課の男がいった。

「それに配役も……」とスポンサー代表はいった。「俳優はどれもこれも、えらく風がわりだけど、えらく演技が生硬ですな。台本にも、もう少しユーモアと人間味がほしいですよ。あんなにシロウトにはチンプンカンプンの、科学解説ばかりでなくて、たとえばお色気とか、恋愛とか、活劇をからませてね……」

「なにしろ……」プロダクションの男は、しぶい顔でうなずいた。「なんでも、教育映画、をつくっていたという連中なんでね」

「あんな顔も知らない、おかしな連中ばかりでなく、もっと有名俳優をつかえないものかね？　制作費は多少かさんでもいいんだから」

「それが……」とプロダクションの男はいった。「あれは、ある劇団に下請けさせて、ユニットでつくらせてるんでね。――俳優も、効果も、カメラも、全部その劇団所属の連中なんですよ」

「特殊撮影は、うまかったね」と編成課の男はいった。

「そう――宇宙空間や、星の世界のセットとか、――それにあの怪獣の人形なんかよくできていた。あれでもう少し、お話が面白ければ……」

「ほんとに、あの程度の制作費で、よくあれだけできたね」と代理店の男もいった。

「制作費は安くあがったんですよ」プロダクションの男は惜しそうにうなずいた。「あの劇団がどこかでつくったという、特撮のフィルムをたくさんもってましてね。それと合成しているんですよ」

「まあ、そんなわけ……」とスポンサーはいった。「SF番組っていうのは、やっぱりまだ早すぎたようですな」

「時間帯はそのまま買うおつもりなんですか？」とプロダクションの男はいった。「それなら、ちょっといい企画があるんです。ホームドラマに、クイズとコメディーとショーをくみあわせたもので……」

郊外のボロボロの貸しスタジオをプロダクションの男がおとずれたのは、もう夜になってからだった。スタジオの外には、「撮影中、出入禁止」の赤ランプがついていた。ベルインタホンをおすと、中から声がして、しばらくしてドアがあいた。——大宇宙のシーンをうつす大スクリーンの前で、俳優たちは、扮装《ふんそう》のままいっぷくしていた。

「実は……」とプロダクションの男は事情をはなした。

「中止ですか……」ほっそりとした大頭の、人間型異星人に扮《ふん》していた、座長兼演出兼主役はガッカリしたようにいった。「どうでしょう？　制作費はもっと安くしてもいいんですが」

「いったろう。もうきまったんだ」プロダクションの男はいった。「すまんが、明日はこのスタジオをあけてくれ。大至急別口のドタバタをはじめなきゃならん」

「こういった映画は、まだ早すぎたんですね」

「そうだな——まだまだ宇宙や科学よりも、メロドラマやドタバタがはやる時代だよ。君たちも……」

「そうは行きません」座長はいった。「何しろわれわれは教育映画を……」

「わかったよ」プロダクションの男はいった。

座長が肩をおとして合図をすると、スタジオの中はたちまちかたづけられた。カメラもセットも、録音装置も全部小さなカバンにおさまってしまった。

貸しスタジオの外へ出ると、座長は空にむかって、口笛を吹いた。一面の星空の間から巨大な、うす青く光る円盤がおりてきた。一座の連中は、扮装のまま——奇怪な頭の三つある巨人や、恐竜のような怪獣や、きちがいじみた巨大な芋虫《いもむし》のような恰好《かっこう》のまま、ぞろぞろ円盤にのりこんだ。

(かわった連中だ)プロダクションの男は、遠い夜空にとび去って行く円盤を見ながら肩をすくめた。(でもまァ、おとなしくひきあげてくれてよかった。これで明日から、ドタバタの制作にかかれる)

風俗バー

「京都の西陣《にしじん》の方に、Tというおかしなバーがあるのを知っているか？」と会社のひげぎわに同僚がいった。

「T？……ああ、きいたことがある。ホステスが、大正時代のカフェーの女給姿をしているというバーだろう」と彼はいった。

「古いラッパ型の蓄音機から〝アラビアの唄《うた》〟なんかきかせてる、なんて話をきいたぜ」

「今度、それと同じようなやつが、東京にもできたってことだぜ」

「へえ？　どこに？」彼はひざをのりだした。

「西銀座《にしぎんざ》裏の、どこかだってきいたけど……」

同僚はメモを出した。

「この間、新橋《しんばし》で、隣でのんだ酔っぱらいにメモしてもらったんだが……これじゃよくわからないな」

「おもしろそうかい？」

「ああ――京都のやつよりはるかに徹底してるんだそうだ。――入口で、昔の貨幣のイミテーションに両替えしてくれて、衣裳《いしよう》までかしてくれるんだって」

「おもしろそうだ」と彼はいった。「行って見ようや」

たずね歩いて、小用を足しにいった露地裏で、偶然その昔風のバーを見つけた。——ネオンもつけず、小さなランタンをとぼし、うんと小さな字で、「時代バー」と書いてある。入口のところにじっとうずくまっている、おそろしく高齢らしい老人に、

「ここが、大正時代の風俗の、バーですか？」ときくと、

「そうだよ」と返事をして、顎《あご》でしゃくった。「奥に、案内係りがいるよ。——だが、気をつけた方がいいな」

二人はちょっと気味が悪くなったが、ドアをおしたとたんに、ひどく陽気で、あいそのいい案内係りにむかえられて、ホッとした。

「いらっしゃいまし。よくおいでくださいました」と中年の案内係りはニコニコ笑いながらいった。「あなたがたも、古い時代にあこがれていらっしゃったんですか？　まったく昔はようございました。今はてんで遊びの風情がございません。——ところでどの時代をおのぞみですか？」

「どの時代」と同僚は首をひねった。「いろいろの時代があるのかい？」

「ええ、江戸時代、明治時代、大正、昭和初期、いろいろな時代の風俗バーがあります」

二人は顔を見あわせた。

「それじゃ——まず昭和初期といこうか」と彼はいった。

「各時代のハシゴもできるのかね？」

「できますとも！」と係りはいった。「そのかわりお客さまも、ホステスも、みんなその時代時代のつもりになり切っておりますから、どうかあなた方も、そのおつもりで、みなさんの雰囲気をこわさないようにしてくださいませ」

二人は更衣室に案内され、そこで服を着かえさせられた。彼はカスリの着物に袴《はかま》、インバネスにつば広の帽子と細いステッキ、同僚はルパシカにハンチングにマフラーというスタイルだった。――金も五円札、一円札、五十銭銀貨、十銭、五銭、一銭の硬貨なども両替えしてくれた。

「それじゃごゆっくり！」長い暗い廊下をすすんで「昭和初期」と書かれたドアの前に来た時、案内係りは頭をさげた。

「ここへいらっしゃるお客さまは、みんなその時代の風俗をよくごぞんじと思いますが、くれぐれも時代につじつまをあわせてくださいい」

蓄音機の金切り声がひびく、うす暗い部屋の中に、二人ははいっていった。――たばこの煙がもうもうとうずまく中で、背の高いボックスの中から、客の笑い声や、女給の嬌声《きょうせい》がきこえていた。――女給たちはほとんど和服で小さな白いエプロンをつけ、古風な髪形をしていた。中にはビラビラのくっついたズン胴の短いワンピースを着て、断髪姿の女もいる。

「なるほど、こりゃ本格的だ」と彼はいった。「だけど、こう徹底的にやられると、かえって気づまりだな」

「なんになさる？」と白粉《おしろい》をコテコテぬって、眉《まゆ》を細く描いた女給がいった。「ビールはエビスビール……私たちにコクテールおごってくださるわね」

女給はかってに注文すると、いきなり膝《ひざ》の上にのってきた。――耳がガンガンするほどの、やかましさの中で、女たちのカン高い声がひびき、客の笑い声がひびき、その間をぬって、ぞっとするような蓄音機のキイキイ声がひびく。二人ははじめはなんとか話を合わせていたが、だんだん頭がいたくなってきた。――女たちはしきりに世間話をするが、よほどよくしこまれていると見えて、話はその時代のことばかりで、とてもついていけなかった。

「かえろうか？」と彼はいった。

「ああ」と同僚もいって立ち上った。

その時、

「なにをッ、この国賊め！」という声があがると、ちょうど二人の通りみちでケンカがはじまった。ヒゲをはやした男がもう一人の連れの胸ぐらをとっていた。「きさま、万世一系のわが国体を侮辱するのか？　欧米の風にこの醇美《じゅんび》な風俗がこのままどしどしむしばまれていっていいと思うのか？」

「さあ、およしなさい」通路をふさがれた同僚はうんざりしたようにとめた。「いくら時代風俗に忠実にするといっても、そこまでいけば行きすぎですよ。――戦争でアメリカに負けたんだから、ある程度その風俗にそむのはあたり前でしょう」

「なに？」ヒゲの男は眼をむいた。「なんといった？　アメリカに戦争に負けただと？　いつ負けた？」

「さあ、おかしなことはいわないで……」友人は舌うちしながらいった。「負けたものは負けたんだから、しょうがないでしょう？」

とたんにステッキがうなりをたててふりおろされた。女たちの悲鳴と、てんやわんやのさわぎの中に、たちまち二人はまきこまれた。

警察にひっぱられ、訊問《じんもん》されたのがよけい悪かった。二人は興奮のあまり、まだ真相に気がつかず、無条件降伏だの、民主警察のあり方だの、国粋派の横暴だのとまくしたてたため、ついに危険人物視されてしまい、翌朝、ことの重大さに気がついて、青くなって弁明したがうけつけてもらえなかった。

「あの案内係りは、ひどいやつだ……」腰ナワをうたれて拘置所へはこばれながら彼はぼやいた。「あの廊下が、ほんとうの昭和初期につながっていることを、一言いってくれればよかったのに……」

「まったく」と同僚もいった。「こんな時代、とてもなつかしむどころじゃないや」

故障

夏場は、あちこちの街角においてある、ジュース自動販売器も、晩秋の今ごろではめずらしかった。——それでも、時たま、その前に立ちどまる人もないではなかったし、夜ともなれば、酔っぱらいが酔いざめの水がわりに、けっこう愛用していた。

その晩も、すでに三、四人の通行人が、そのジュース自動販売器に、硬貨をほうりこみ、ボタンをおして紙コップにジュースをうけた。

「うッ、つめてえや」

ひと口のんだ若い男は、首をすくめ、半分のんだオレンジ・ジュースを道にぶちまけて行った。

そのあと、しばらく客がなかった。——自動販売器は、上にのっかったガラスの半球の中に、音もなくオレンジ色の噴水を吹きあげつづけていた。

その次に酔っぱらいがやってきた。——彼は、鼻歌を歌いながら、紙コップを台におき、少しあやしくなった指先で十円玉を二枚、やっと穴におとしこみ、ボタンを押した。

「おやじ！」と酔っぱらいは、ろれつのまわらない舌で、販売器をあずかっているタバコ屋のおやじを呼んだ。「金をいれたのに出ないぞ」

「よくそんなことがあるんですよ」おやじはふりむきもせずいった。「横っぱらをたたいてごらんなさい」

（チネーズ！）地球から何億光年もはなれた、広大な宇宙空間のどこかで、誰かが、誰かをよんだ。（空間転移輸送器のラインがおかしい）

（はい、係長）

（なんだか妙な色の液体が、もれでてくる。――どこか別の世界の空間と、ショートしたんじゃないか？）

（すぐ見ます、係長）


酔っぱらいは、ドンと販売器の横腹をたたいた。――タラリと一滴がこぼれたが、まだ出てこない。酔っぱらいは機械を蹴《け》とばした。

「乱暴しちゃこまりますね」おやじはのび上った。

「ボロ機械め！」酔っぱらいは毒づいた。


（チネーズ！）

（はい、係長）

（故障はなおったか？）

（まだです。係長――どんどんもれてきます。物質増幅機のむこう側で、ラインがショー

トしているようです)

(そりゃいかん。増幅機をとめようか?)

(だめです。装置が液体にひたされて開閉器がききません)

(部屋から出てこい! チネーズ……保安委員をよぼう)

(まってください——なんとか、臨時にラインを接続して、もれてくる液体をむこうの空間に還流させてみます)


「乱暴しないでくださいよ」おやじは酔っぱらいを制した。

「どろぼうめ!」と酔っぱらいは機械にむかっていった。「おれの二十円をかえせ」

「かえしますよ」おやじはポケットに手をつっこんだ。だが、その手をからのままぬき出すと、皮肉たっぷりに酔っぱらいを見つめた。

「出てるじゃありませんか!」

紙コップの中にオレンジ色の液体がみたされつつあった。酔っぱらいはブツブツいった。

「あんたボタンを押さなかったんでしょう?」

「おしたさ」と酔っぱらいはいった。——それからコップをとりあげて、ひと口のむと、まだ液体ののこったコップをなげすてて、行ってしまった。

酔っぱらいがいってしまうと、おやじは吹きつける夜風に肩をすくめた。そろそろ店も機械もしまおうと思って、機械をふりかえると、機械は今度は際限なくオレンジ色の液体を吐きつづけていた。――おやじは舌うちして、電源のコードをぬいた。ガラス球をかがやかせていたランプは消えたが、ジュースはまだ蛇口から吐きだされつづけた。おやじはジュース販売器の貸付け会社に電話をし、故障係がくるまでの間、通行人によびかけた。

「さあ、みなさん、もったいないからのんでください。無料です！」


(チネーズ！)

(はい、係長)

(本部へ連絡して、動力源をとめてもらうように手配した。――少し時間がかかる)

(それまでなんとか還流させます。部屋はしめきりましたから、外まではあふれません)

(増幅率は？)

(一対二千億です……)


故障係が来たときは、すでにタバコ屋の前の道には膝《ひざ》に達するほどのオレンジ・ジュースの流れがゴウゴウとながれていた。おやじは気を失って病院へはこばれ、警察と消防が出て、交通を遮断していた。消防夫が機械にちかづいて、斧《おの》をふるって機械をぶちこわした。――機械はめちゃめちゃになってジュースの流れに没したが、ジュースはいっそうはげしいいきおいでふきだしつづけた。――なにもない空間から……。消防夫は眼をこすり、空間に斧をふるった。ジュースの滝はいっそうふとくなった。

（ふえ方が少しへりました）とチネーズがいった。（むこうの空間の穴が大きくなったようです）

下水も河も、ジュースであふれた。海はオレンジ色になり、次第に水かさをふやしはじめた。全世界の海岸地の人々は避難しはじめた。その上に、甘い、オレンジの雨がはてしなくふりそそいだ。

（動力がとまった）と誰かがいった。（やれやれ助かったぞ！）

九つの惑星をもつ、小さな恒星である。――その内側から三番目の惑星はその全表面をオレンジ色の甘い海でおおわれている。その海の下に沈んだ生物たちや、古い文明について知るものは、この広大な宇宙のなかに誰もいない。

初夢

奇妙な形の宇宙船が、奇妙な宇宙をただよっていた。

奇妙な宇宙——というのは、はてしない空間が白々とひろがり、無数の星が、黒く光っている宇宙である。

つまり、写真のネガみたいな宇宙なのだ。宇宙船は、それほど大きなものではなく、それにひどく古びていた。

「ほんとに、だいぶ古くなったな」

と舵器《だき》をにぎっている、ヒゲだらけの壮漢がいった。

「そろそろぬりかえなければいけないわ」

ふっくらした顔だちの、髪の毛の黒い美人がいった。

「むろん、中継基地にたちよったら、ぬりかえをやるさ」

とひどく肥《ふと》って、腹の出た初老の男が笑いながらいった。

「だが、ぬりかえだけじゃなくて、そろそろ船のデザインをかえた方がいいんじゃないかね」

と額のすごくひろい老人がいった。

「いやいや……」一行の中で、最年長に見える白いひげの老人が、ほっそりしたペットの毛をなでながらおだやかに首をふった。

「やっぱりこのままがいい。——もうずいぶん長い間このままでいるのだから、へたにデザインをかえると、かえってむこうの方で、こちらを確認しそこなうかも知れん」

船室のすみでは、でっぷり肥った壮年の男が二人、なにがおかしいのか、ひとことふたことしゃべっては、腹をゆすって、陽気な笑い声をたてていた。

乗組員は、男六人に女一人、みんな壮年から老年へかけての年配で、若いものは一人もいない。ぽってり肥った、二重顎《あご》の女性だけが、三十すぎかと見えたが、よく見ると眼尻《めじり》に小じわがあり、やはり四十以上の年かっこうだった。

「さあ、そろそろ中継基地につくぞ」と操縦していた壮漢がいった。「中継基地で準備に二時間みて、それから出発だ。地球にはちょうどオン・タイム——ほとんど去年と同じだ。一、二分とくるわないだろう」

「まったく、あんたの腕は大したものだ」

と肥った男はポンと操縦士の肩をたたいた。操縦士は咳《せき》をして、よろめいた。

「おてやわらかに……」とひげの操縦士はいった。「あんたに、ぶったたかれちゃ、舵《かじ》がくるっちまうで」

宇宙船はすべるように、白い空間をわたって行き、小さな黒い星——中継基地に近づいていった。

そのむこうに、さらに遠く、黒く輝く地球が、ぽつんと虚空にうかんでいた。

「私、あの星、好き……」と女はいった。「ずいぶん長いつきあいだもの……」

「本当に長いつきあいだな」と最年長の老人がひげをしごきながらもそもそつぶやいた。

「七年目ごとの、一月のはじめに……もういったい何回あの星を訪れたか」

「あの日本という国……」女がいった。「いつも私たちを歓迎してくれて……」

「だが、この前の時は、そうでもなかったぜ」と操縦士はいった。「考えて見れば、訪れるごとに、だんだんわれわれの人気はおちてきてるみたいだ」

「もちろん、全盛時代の二百年前にくらべれば、ひどいもんだが……」老人は、遠い昔を思い出すように、眼をつぶった。「それでも、またおぼえていてくれる人たちがいるということだけでもありがたいじゃないか――古いお得意というのはいいものだ」

「私たちも、年をとりましたしね」と女は笑った。

「まったくだ」と老人もペットをたたきながらいった。「こいつも年をとった」

「さあ……」と操縦士はいった。「そろそろ着港するぞ」

「また宇宙服をぬぐのを手つだってくださいよ」肥った男は、太鼓腹をポンとたたいていった。

「これがあるんで、手数がかかってね」

「いいですとも」と女はクスクス笑っていった。「毎度してさしあげるんですもの」

基地につくと、みんなは宇宙船のぬりかえをやり、いろんなもので美しくかざりたてた。

――宇宙船は、赤や青や金色にぬりたてられ、ビラビラがいっぱいとりつけられた。

乗組員はめいめい宇宙服をぬいで、古びた衣装をつけ、髪形をかえた。

「用意ができましたか？」

と美しく着かざった女は、楽器をとりあげて、みんなを見まわした。

「それじゃ――そろそろ時間ですわ。みんなおにぎやかにまいりましょうよ」

楽の音がにぎやかになり出すと、ケバケバしい宇宙船は、基地をはなれ、ゆっくりと、すべるように地球へちかづいていった。

＊

二十四時間後、宇宙船は、ふたたび中継基地へかえってきた。――きらびやかなのは、そのままだが、中からおりたったはなやかな扮装《ふんそう》の乗組員たちの顔は暗く、足どりは重かった。

「だめだな……」と古代武将のような扮装をした、ひげの操縦士はつぶやいた。「みんな、もう、ほとんどおれたちのことを忘れちまっている」

「たった七年で、ガックリお客がへったな」と肥った男が、むき出しの腹をしまいながら首をふった。「七年ばかりで……えらいかわりようだ」

「世間が早いテンポでかわっているからな」と額のひろい老人がいった。「それに、昔のことをおぼえていてくれている年よりが、ずいぶんへったし……」

「どうじゃろう……」ペットをつれた老人が、考え考えつぶやいた。「この次から――この星は、立ちよりコースからはずしたら……」

「そうですね」陽気な顔だちの男も、溜息《ためいき》をついて頭巾《ずきん》をぬいだ。「こうおぼえてくれているる人が少なくちゃ……意味ないですね」

「古なじみがまた一つへるわけね」女も、くたびれたような微笑をうかべた。

「またあたらしいお得意をさがすさ」

「さあ出発だ」と扮装をおとした操縦士はいった。「みんなのってくれ」

奇妙な宇宙船――七福神をのせた宝船は、夢の宇宙空間を、はるかに遠ざかっていった。

信仰

「いろんな星に行ったけど……」とベテランの宇宙艇長はいった。「一番印象の深かったのは、あの星だな」

「どの星だね？」と年をとった船医はきいた。

「ほら、あの……」と艇長はいった。「あの星だよ」

「ああ、行ったことがある」と司厨長《しちゅうちょう》がうなずいた。「あの星雲の中でも、だいぶ、はずれの方の、恒星にある惑星だ」

「そう……」と、艇長はいった。「ポツンと、その星だけはなれていて――ちょうど、宇宙の孤島みたいな、恒星系だ」

「宇宙の孤島というよりは、あの星雲の中の、――宇宙の宝石ともいうべきだね」と、司厨長は、うっとりと、眼を、窓の外の、遠い星空にはせた。「ほんとうに、印象的な星だった」

「なにが、そんなに印象的だったんじゃね？」と、考古学者がいった。「めずらしい生物でもいるのかね？――それとも、よほどかわった自然でもあるのかね？」

「生物は――あまりかわっているわけではありません。生物の基本型は、酸素―炭素型ですからね。われわれと、非常に似かよっているんです」

「じゃ、なにが、そんなに面白かったんだ？」船医はじれったそうに、膝《ひざ》をふるわせた。

「じらさずに、きかせてくれよ。——なにがそんなに、興味があったんだ？」

「住民ですよ」艇長は、ニヤリと笑った。

「住民が……」と考古学者は、首をひねった。「住民が、ひどくかわってたのかね？——眼玉が三つあって、共食いしてたのか？」

「とんでもない！」と、司厨長は首をふった。「住民はむしろ、気もちのいい顔だちでしたよ。——われわれとそっくりで、われわれより、少し小柄でしたが……」

「その連中が、どうだったというんだね」

「すれてなかったんです」と艇長はいった。「とても素朴で、——なんともいえず、牧歌的で、ナイーブな感受性をもち……」

「もっとも、むかしの話でね」と司厨長。「いまはだめでさあ。あの星にも〝文明〟というものが、発達しちまって、けっこうすれっからしになっちまいましたよ」

「その通り……」艇長はうなずいた。「今は——われわれが行ったら、ひどく敵視されて、攻撃をうけるでしょう。たよりないものだが、宇宙科学に類したものも、もってるし……」

「で、そのころは——つまり、君たちが行ったころは、どうだったんだ？」と船医がさえぎった。「まあ、そうじらさずに、教えてくれよ」

「早くいうと、神さまあつかいでした……」艇長は、夢みるようにいった。「むこうはまだ、農業の普及したばかりのころで——着物だって、あまり、まともなものは着ていませんでした」

「未開種族の所へ行って、神さまあつかいにされた話は、われわれの歴史の中にも、たくさんあるよ」と考古学者はいった。「よくある話だ……」

「あの星に、最初に着陸した先遣隊の連中が、圧倒的な印象――それも、比較的、いい印象をあたえていたんでしょうね」艇長はつづけた。「平野部は、いろんな意味で、危険が多いから、というので、われわれは、できるだけ、山頂部に、着陸するように、と注意されていました。で――われわれ調査隊は、その星の、各地の、平野部にちかい、山頂部をえらんで、もっぱら発着しました。なによりもまず、原住民と、直接顔をあわさないように、したんです。――あの文明段階にいる連中を直接刺激すると、まずいことになりかねませんでしたからね」

「ところが――連中の方から、おしかけてきたんでさ」と司厨長。

「純真な連中でした」と、艇長はいった。「で、結局、どうなったと思います？　われわれの、調査が終るまでに――われわれは、彼等の信仰を変えてしまったんですよ！」

「へえ、それは面白い！」と考古学者。「どういうふうに……」

「それまでは、彼等の信仰は、ごくプリミティブなものでした。木や、石や、獣を信仰の対象にした――とにかく、アニミズムに、毛のはえたような段階でした。ところが――われわれの宇宙艇が、あちこちの山頂から発着するのを目撃して、よほど印象にのこったんでしょう。調査が終ったころには、かれらの間に、超越神の信仰と、神は、天から来た、という信仰がうまれたんです」

「それで、しまいには、われわれは、神さまにされちゃいました」司厨長が、ニヤニヤ笑いながら、いった。「山の上にいる私たちを、むかえにくるんです。――山頂部から切り出した、新しい木が、私たちのシンボルでした。私たちの行っていた所では、夜、山をおりて行くと、川のほとりに、小屋をつくって、清らかな乙女が、じっと私たちを待ってるんです。――それが、神である私たちにささげられた、処女妻でした」

「で、君たちは、その――」

「いえ、まさか……」艇長は笑った。「一晩いっしょに語り明かすだけで、けっこうたのしかったです。――あちこちに私たちをまつる神殿や、記念碑がたちました。中には、私たちが、かえったあとまでも、私たちのことをなつかしみ、したって、もう一度来てくれるように、という祈りをこめて、石で宇宙艇の形をつくってまつった種族さえあります」

「それは大変面白い！」考古学者は、興奮したように、膝をのり出した。「そういう例は、われわれの星の原始種族にもありましたよ。――航空機をなつかしんで、いろんなガラクタで航空機の形をつくり、それを神としてあがめていた、という例がある」

「私たちが、接触をやめたあとも、私たちのことは、ますますかれらの間で神秘化され、そこから、いろんな宗派がうまれたってことです。――宗教戦争までおこしたとか……」

「現在は、どうなんですか？――その信仰は、全然のこってないんですか？」

「小さな島国の一つに、今もなお、のこっているそうですよ。ほら……」と艇長は、奇妙な木造建造物の写真をしめした。「これは、つい最近の調査団がとってきた写真ですが」

「これは、なんですか」考古学者はきいた。

「ジンジャというものだそうです。ニッポンという島国にのこっているもので……」艇長はいった。「その奇妙なものは、トリイというんだそうですよ……」

新都市建設

「また、工事がはじまった」

老人は、外できこえはじめた、耳をつきさすような、金属性のひびきに眉《まゆ》をしかめた。

「ちっとは、年よりの事を考えてくれたら、どうなんだ。——それにこれだけやかましい音をたてながら、あいさつ一つするわけじゃない。毎度毎度、役人のやり方は、あまり勝手すぎる」

「そんなこといったって、しかたがないよ」

とむこうをむいて、老婆は飲物をつくりながら、ぶつぶついった。

「新しい都ができるんだから……」

「しかしな、……」

老人は、騒音にまけまいと、大声をはりあげた。

「いくら新しい都をつくるといったって、そのために、古くからいる住民を、犠牲にしていいということにはならない。——そうだろう？　わたしたちだって生きているのだ。ただ生きてるだけじゃなく、わたしたちは、この土地の歴史とともに、ずっと古くから生きている。わたしたちは、いわばこの土地の魂をうけついでいるのだ。そのわたしたちを……」

「でも、ちゃんと、一応のあいさつはあったんじゃないか」孫が部屋の隅からいった。

「地鎮祭にもよばれたし……」

「おじいさんには、いくらいってもだめよ」と母親が口をはさんだ。「とにかく、新しいものができること、それ自体に反対なんだから……」

「そんなことは、いっておらんぞ！」老人はむきになっていった。

「新しいものを、決してこばみはしない。しかしな——その新しいものは、この土地の中から、自然に生まれてきたものでなければならんのだ。ただ目新しいからといって、よそからもってきたものを、いきなり、この古い、由緒ある、かつ先祖代々の霊と生活の根づいているこの土地の上に、むりやり据えようとすると、この国古来のもの、長い長い歴史と生活の中から、おのずとかもし出されてきた、よいものを、押しつぶしてしまうことになりかねない」

「だけど、そんなことといってちゃ、いつまでたっても進歩はないさ」と孫はいった。「よそのものでも、すぐれたもの、新しいものはどんどんとりいれて行かなくちゃ、いつまでたっても、世界のいなかのままだよ。——いまは、日本だって、世界の片隅にとどまってばかりいないで、窓をひらいて、世界の新しい文明をうけいれるべきだ」

「といって……」と老人は、頑固にくりかえした。「古い、よいものを、見殺しにしていいということにはなるまいが……」

どすん！——という地響きが、家の柱をゆさぶった。どすん！——どすん！——とつづいて地響きが起った。

「また！」と老人は眉をしかめてつぶやいた。「地がためか——杭《くい》うちか——家がかたむいてしまうわい」

老婆が老人の前においた飲物の表面に、小さなさざなみが走った。

「ほこりがはいった！」

老人はふきげんにどなって、その飲物を土間にすてた。

「また、おじいさんのヘソまがりがはじまった」老婆がつぶやいた。

「新しいものができる時は……」と、孫がさかしら顔にいった。「ある程度、古いものの犠牲はつきものさ」

「新しいものがよい、と、なぜわかるのだ！」とうとう老人はどなった。「それが、古いものを犠牲にするほど、値うちのあるものか？——お前のような若いものに、本当のもののよさがどうしてわかる！」

「だって——新しい都ができれば、生活はもっと便利になる。町も清潔になる。それに新しい都は、すばらしく雄大で……」

「便利？　清潔？——いまの生活が、どんなに不便だというのだ？　いまの私たちの家や町が、不潔だとでもいうのか？　そんなことというと、お母さんを侮辱することになるぞ」

「もうおやめ」老婆が孫にいった。「年をとると、長い間くらしてきたしきたりというものが、とても大切に思えるものだよ。古いしきたりのよさは、長い時間をかけないと、わからないことだよ。——お前たちの時代はちがうかも知れない。だけど、おじいさんのいってることは、お前がもっと年をとらないと、わからないことだよ。——生意気な口をきいたことをあやまりなさい」

その時、老人が眼にいれても痛くないほどかわいがっている、末の孫娘がかけこんできた。

「おじいちゃん！　工事場を見に行かない」と孫娘は叫んだ。

「いま、新しい建物がたったわよ。とても大きくて、とてもきれい！」

老人がむずかしい顔をしているのを見て、孫娘はたちすくんだ。——しかし、今にも泣き出しそうな、その顔を見て、老人は思わず腰をうかした。——老婆や、孫の、ひやかすような視線を意識しながら、老人は、また晴れやかな顔になった。孫娘に手をひかれて、家を出た。——小さな丘一つこえると、そこに、新都建設の現場が、一望にひらけていた。建設工事がはじまってから、一度も見に行かなかった老人は、そこにほとんど姿をあらわした、巨大な都市の全貌《ぜんぼう》を見て、息をのんだ。

「ね、おじいちゃん。あれ見て、——あんなにきれい」

孫娘のさす方向を見て、老人は息がとまるような思いを味わった。——これは何だ！　このおそるべきケバケバしさ、巨大さは……毒々しい赤や青にぬられた巨柱が、まるで、不吉な悪夢のようにそそり立つ。建物の色は、冷たい、氷のような白、金ピカのかざり、青く、ピカピカと陽光をはねかえす屋根、幾何学的に区切られ、人間味というものをまるで感じさせない街路、人々の心をおしつぶすような、非人間的な巨大さで、宙空にのびていく大建築――これは、この国のものではない、と老人は動悸《どうき》が早まるのを感じながら考えた。これは、清々《すがすが》しい生木の肌と茅《かや》の床しさを宿す素朴な建物、日本の国の大地の底から、木々や人々とともにはえ出したような、あのなつかしく、清らかな住居とは、まったく異質なものだった。木に竹をついだような、まがまがしく、毒々しい、外国の魂が、この地に形をとったのだ。――なんということだ！　この国の為政者たちは、外国の新奇さに眼がくらみ、この国の魂を忘れてしまったのか？

「おじいちゃん、なぜ泣いているの？」

孫娘がいぶかるのにも気づかず、老人は、新都奈良の都――平城京《へいじょうきょう》の建設現場を前にして、滂沱《ぼうだ》と涙を流しつづけた。

地下道

「このごろ、ばかに新幹線の乗客がへったようだな」と運輸大臣がいった。

「へったどころじゃないですよ」と局長がいった。「当初の四割をわっちまいました。一等も二等もガラガラです。急行なんか、ダイヤをどんどんまびいても、まだ寝台車なんか、カラッポで走る車輛《しゃりょう》があるありさまです」

「鉄道ばかりじゃありません」次長が口をはさんだ。「国内線の航空路も東京―大阪間はガラガラですよ。――航空会社が、赤字でぶっつぶれかけてます。このまま行けば、減資して、会社の規模を縮小し、運賃を下げて、サービスをうんとよくするより、しかたがない所まで追いこまれるでしょう。それでも、会社の一つ二つは、つぶれるでしょうがね」

「せっかく新道路ができて、東京―大阪間の急行バスを走らせ出したのに、これもぜんぜん、お客がのりません」と局長がいった。

インターフォンがなって、秘書が、国鉄総裁が来た、とつげた。――運輸大臣は、通ってもらうように、といって話をつづけた。

「しかし――東京―大阪間の乗客輸送が、これだけ大幅にへったとしたら、これは、経済面になにかの兆候があらわれてこなければならないはずだ。はっきりいって、人員移動は、経済のバロメーターの一つであるはずだ。――にもかかわらず、経済は順調にのびている。

電話でまにあわすものがふえたのかな？」

「そうでもないんです。──電電公社に問いあわせてみたんですが、東京─大阪間の通話は、かえってへり気味だ、ということですが……」

国鉄総裁がはいってきた。

「やあ──」と大臣はいった。「ひどいものらしいな」

「まったく、このままへって行けば、国鉄はぶっつぶれる」総裁は、青い顔して、腰をおろした。「旅行シーズンの、団体客さえ、今年はガックリへった。出血サービスと大宣伝をしているのに……」

「あとは、運賃値下げでもやるよりしかたがないか」

「そんなことをすれば、ますますジリ貧になる」総裁は首をふった。「実は、妙なことをききこんだんだが……」

「なんだ？」

「東京─大阪間で、乗客の密輸をやっているらしい、というんだ」

「なんだって？」大臣は眼をむいた。「乗客を密輸する？」

「つまり、許可をとっていないモグリの運輸業者がいるらしいんだ」総裁は声をひそめた。

「それが、うんと安く、はこんでるのじゃないか、という」

「鉄道や飛行機にも、ついに白タクなみの業者があらわれたか」大臣はうなった。

「しかし、どうやって、そんな大量の人間を、人眼につかずに、はこべるんですか？」局長がきいた。「まさか、船じゃないでしょうね。――船でもちゃんと運賃規定がありますしね」

「いま、それを鉄道公安官に、さぐってもらっている」総裁はいった。

若い、鉄道公安官35号は、私服で足を棒にして、あるきまわったが、結局密輸業者の姿を見つけることはできなかった。

しかし、彼には、おぼろげながら、お上をおそれぬモグリ業者が、東京、大阪二つの駅の、地下コンコースにいるらしい、ということがわかった。大阪は、新大阪駅ではなく、梅田《うめだ》の旧東海道線大阪駅の地下だ。――なぜなら、どちらの地下コンコースにも、旅支度の人は、わんさと右往左往していたのに、ほとんど上のステーションにあがって行かなかったからだ。――人々は、どことなく消え、またどことなくあらわれているような感じだ。

35号は、旅行客のふりをして、地下をウロウロして、旅行客をモグリ業者がキャッチする所を、つかまえようとした。――だが、現場は全然見つからず、彼の袖《そで》をひくものもなかった。

ついに彼は、トイレの中で、ある男に話しかけた。

「ご旅行ですか？」

「ええ、まあ……」と男は胡散《うさん》くさそうにいった。

「このごろの鉄道は、まったくよく、すいてますなあ」

「本当ですな」男は背をむけた。

「あなたも、〝ひかり号〟ですか?」と35号はおいすがった。「私もそうなんです」

「大阪へ、行くんですか?」男はふりかえった。「鉄道で?」

「そうですよ」

「じゃ、あなたは、まだ知らないんですか」

「なにを?」

「あなた、サラリーマンですね」男はジロジロ彼を見ながらいった。「役人や業者に関係ないですね」

「私は、セールスマンです」35号はいった。

「このことは、絶対に、役人にいわないとちかってくれますか?」

「むろん、ちかいます。なんですか?」

「こっちへいらっしゃい」

男は、先に立って、どんどん地下コンコースを歩き出した。——35号は、ついにひっかかった、と思って、胸をドキドキさせながら、ついていった。八重洲《やえす》の中央コンコースからはずれて、ちょっとした、意味のないような道路まで来た時、男はなにかうなずいて、その目だたない通路へはいって行った。彼らのほかにも、たくさんの、旅支度で荷物をさげた人間が、列をつくってゾロゾロと、その通路をはいって行った。——この先に乗物があるのかな、と35号は考えた。

通路は、ちょうど工事中の臨時通路のように、かざりもなにもなかった。——ほんの百メートルも歩いた時、通路はまた、にぎやかな、ショーウインドーのならぶ、広い地下街に出た。

「つきました」と男はいった。「ここが大阪です」

35号は、狐につままれたように、あたりを見まわした。——たしかにそこは、見おぼえのある、梅田地下街だった。

「いつごろから、こういう通路ができたか知りません。——だけど、誰かが見つけ、それが、民衆の間に、口から口へ、ひそかに伝えられてきたのです」男はいった。「あたらしい人に教える時は、いつも、役人や業者にもらすなという注意があたえられ、いままでずっと、まもられてきました。——民衆が、せっかく見つけたこんな便利な道も、役所や業者にかかると、たちまち権利を設定され、金をとられるようになりますからね。——だから、あなたも、大衆の掟《おきて》はまもってください」

それから、まもなくして鉄道公安官35号の辞表が、役所にとどけられた。

お花見園

お花見園のあたりは、ひっそりと暗く、入口のむこうはまっくらだった。

なんということはなく、そのあたりに来てしまった良子は、あたりに全然人の気配がないのにおどろいた。

「いらっしゃい」

という声におどろいて、ふりむくと、管理者のコートを来た、すらりとした青年が立っていた。――ほりの深い顔立ちで、まるで感嘆符のように、ほっそりしている。

「ご案内しましょうか?」と青年はいった。

「お客がすくないんですのね」良子はあたりを見まわしていった。

「ここ一週間で、あなたがはじめてです」青年は白い歯を見せて笑った。「このごろの人は、お花見するような風流心がないんですね」

それから、青年は機械的な声でいった。

「入園料百クレジット、案内料五十クレジット――いただきます」

良子はプラスチックのコインをわたした。青年はそれを、料金箱にほうりこむと、入口のバーをあげて、

「どうぞ……」といった。「ちょっと暗いですけど、先へ行って待っててください」

夜光塗料の線が青く光る、まっ暗な通路をあるいて行くと、あたりに、ほんのわずかなうす明りがさしてきた。――たちどまってあたりを見まわすと、ようやく眼がなれてきて、そこがひろい丘の上だということがわかってきた。なだらかなカーブの上に、たくさんの枯木が、黒い、骸骨《がいこつ》のシルエットのようにたちならんでいるのが見えた。

そのむこうに、灰色と紺のまざりあった、かすかな明け方の空が見えた。

「いかがです？」

突然青年の声が、耳のすぐうしろでした。

良子は、なんとはなしに、ゾクッと首をすくめていった。

「まだ、花が咲いてないじゃない」

「見てごらんなさい、今すぐです」青年はいった。「これは、むしろ、特別サービスなんですよ」

青年は、なんか手にもった小さな機械をいじくっているみたいだった。

東の方の空が、どんどん白み出した。――地平が黄金色から茜色《あかねいろ》にかわり、輝く雲がとびかうと、サッと光の箭《や》が走って、空をおおう枯枝の網目を照らし出した。

同時に、枯枝の上のいたるところに、可憐《かれん》で、みずみずしい、ほんのわずかのうすくれないを刷《は》いた蕾《つぼみ》がふくらみ出した。――みるみるうちに、それが一せいにひらくと、良子はまっさおな光にみちた、あたたかい春の空の下に、一面に咲きほこる桜の花につつまれて立っているのだった。

「まあきれい！」と良子は思わずさけんだ。それから良子を、じっとながめてつぶやいた。「あなたは花よりもきれいだ」

良子が思わず、赤くなると、青年は手をのべてうながした。

「さあ、あちらへ行ってみましょう」

丘をくだる、桜の花のアーチをたどりながら、青年は、一本の幹に、わからないようにしつらえられたボタンをおした。——とたんに、どことなく、あたたかい風が吹きはじめ、桜の花びらが、淡紅色の吹雪となって、あたりを舞った。

「大サービスね」と良子はほほえんだ。

「そうですとも……」青年はいった。

桜並木はいつのまにかすぎ、丘のふもとでは、天井から、みごとなうす紫の、藤の花がさがってきた。——小さなロボット花虻《はなあぶ》が、眠くなるような音をたててとんだ。濁った池の中から、スルスルと菖蒲《しょうぶ》の葉がのびてきて、目もあざやかな、濃紫《こむらさき》のビロードのような花びらが、しずかに、重たげに開いた。

良子が歩をうつすにしたがって、その先には、大輪の牡丹《ぼたん》の花が、華麗な色彩をくわっとひらいてみせた。その先はくらくなっていて、丘のむこうから、ポッカリ月がのぼると、小さな萩《はぎ》の花と銀色の尾花がぬれたように光って見えた。

夜の丘のむこうは、むせかえるような、つよい香りにみちた菊畠《きくばたけ》になっていた。大輪、野菊、懸崖《けんがい》……鋭い、鹿の鳴く声が、谷間にひびくと、そこはもえあがるような、紅葉の林だった。――足もとで、枯葉がカサコソなり、肌冷たい風に、良子は身ぶるいした。

「もうじき出口です」と青年はいった。「ちょうど、丘を一周したわけです。――いかがですか？」

良子はだまっていた。――けぶるように細く、冷たい雨がおちてきて、頬にあたった。風は、木枯らしのように冷たくなり、桐の葉が、ハラハラと風に舞った。

「出口はすぐそこですが……」と青年はいった。「御感想はいかがですか？――もう一度来ていただけますか？」

「もうたくさん！」と良子はいった。

「どうしてです？」青年はうちのめされたようにいった。「すばらしいとお思いでしょう」

「そりゃすてきよ。――とてもお金がかかってるのはわかるわ。だけど、三、四十分で四季のお花見をすませてしまうなんて、便利だけど、それだけに安直すぎない？　自分の本ものの人生のリズムと時間をつかって、本ものの自然、本ものの四季の花を、その短いさかりの時ごとに鑑賞する方が、はるかに本当の豪華さ、本もののぜいたくを味わえるような気がするわ――。百五十クレジットは、高いとは思わないけど――所詮《しょせん》、それだけの値うちね。それに……」良子は言葉を切って、にわかにプッと吹き出した。「このお花見園には、松と梅がなかったわね。これじゃあ、赤タンができないじゃないの」

良子が出て行ってしまうと、ものかげからのっそりとひげ面の男が出てきた。

「なるほど――」と男はつぶやいた。「所詮、つくりものか。――そういわれれば、この商売も、もうあまり見こみがなさそうだな。しかたがない、そろそろ店をたたむ潮時だな」

そういって、男はちょっと首をひねった。

「あの娘、松と梅が、どうこうとかいってたな――おい、お前、赤タンって、どんなものか知ってるか？」

「私が知ってるわけが、あるもんですか」

と、ほっそりした、ロボットのガイドは答えた。

いかもの食い

「なにか、かわったものを食いたいですな」というのが、「いかもの会」のメンバーの口ぐせだった。「もう大ていのものは食べてしまったし——最近は、これといった、めずらしいものに、ぶつかりませんな」

「そんなに、いろんなものを食べられましたか？」

メンバーの誰かの紹介で——誰の紹介だか、よくわからなかったが——このクラブに、はじめて顔を見せた、やせた男がきいた。むろん、正式のクラブ員ではないが、クラブの連中は、自分たちの悪食ぶりを、クラブ外の人たちに見せつけて、たのしむといった、罪のないいたずら趣味があったから、よそものは、別にこばまなかった——かえって、今夜もいいカモが来た、とばかり、クラブ員同士、めくばせして、悪食の話をはじめた。

「食べたもなにも……」と肥《ふと》ったクラブ員がいった。「このクラブは、世界でも有名な悪食クラブですからな。——悪食国際コンテストで、二度も一位の栄冠をとってますよ」

「やっぱり……」とやせた男は、おずおずときいた。「蛇やカエルを食べるんで……」

会員の誰かが大声で笑った——あとの連中は軽蔑《けいべつ》し切った顔をした。

「あなた、蛇やカエルは、悪食のうちにはいりません。あんなもの、街で食べられるじゃありませんか」

「じゃ――虫でも？」

「虫も平凡だな……」と誰かがいった。「バッタ、カマキリなんて食べあきたし――松毛虫はオツだが、これも月並みだし――セミやゴキブリも、珍しいもんじゃないな」

「カマキリの寄生虫の、ハリガネみたいな虫は、ちょいといけますよ」眼鏡をかけた男がいった。「チーズにつくウジ虫といっしょに煮つけるんです」

「ノミやシラミが、意外にうまい」肥った男がいった。「フライパンでカラ炒《い》りして、塩をパラッとふってね――数をあつめるのが大変だが……」

「回虫やサナダ虫だって――」と眼鏡の男がいった。

「回虫は君、シチリアじゃ珍しくないよ」肥った男がいった。「豚の血で煮て、――大したごちそうだ」

「中華料理にも、相当すごいのがありますね」やせた男はいった。

「へっ！」肥った男は鼻をならした。「蚊の目玉。猿の脳ミソ、ネズミの仔《こ》のアメ漬けですか？――あんなもの、悪食のうちにはいりませんよ」

「メキシコでは、生きた甲虫をたべるし、中国南部では、土の団子を食べ物屋で売っています」と眼鏡の男はいった。「われわれは、とうの昔に、卒業してしまいましたがね」

「まさか――人間を食べたことはありますまいね」と、やせた男は、挑戦するようにいった。

クラブ員は顔を見あわせた。

「あなた——秘密をまもっていただかなくてはこまるが、実は、蛮地の奥地へ行って、食べたことがあるんです」眼鏡の男は、声をひそめていった。「私たちが——直接やったわけじゃありません。食人種のお相伴にあずかっただけで……」

「ミイラは、今でもちょくちょく食べます」肥った男はいった。「さあっとあぶって食べると、うまいですよ。乾物の一種ですから……」

「動植物ばかりじゃありません。無機質もやりました」眼鏡の男がいった。「ガラス、瀬戸物——これは、胃酸過多の異常体質の連中がよく食べますがね——それに、石炭、雲母《うんも》、鉄粉、シンチュウ箔《はく》」

「黄色い粘土の中には、有機質がたくさんふくまれてるのがあります」肥った男はいった。

「あまり古くない、泥炭なんか、すりつぶしてスープにすれば充分食べられますね」

「生きた蛾や、蝶々《ちようちよう》はうまいよ」別の男が口をはさんだ。「あの鱗粉《りんぷん》が、なんともいえない」

「虫なんか、大したことないよ」肥った男はいった。「なにしろ生き物だものな」

やせた男が、眼を丸くしているのを見て、みんなは面白がっていた。

「みなさんの悪食には、おどろきました」男はいった。「しかし——なんだか正体のわからないものを食べる勇気がありますか?」

「毒じゃなければね」と肥った男はいった。「得体の知れないもの、大歓迎です。このごろじゃ、正体のわかってるものは面白くない」

「じゃ、ちょっと待ってください」やせた男は、後をむいて、カバンをひらき、中から妙な、ヌルヌルしたかたまりを出した。「これを食べて見ませんか？」

一同は、一つずつ、その変な、肉の塊りのようなものを手にとった。――うすいピンク色で、海でとれる、ホヤに似た恰好《かっこう》をしており、ヒクヒクと動いていた。

「なんだろうな？」と一人がいった。「貝かな？――あまり珍しいものじゃないな」

「食べてごらんになりますか？」とやせた男はいった。「保証します。――毒ではありません」

みんなは、ちょっと顔を見あわせた。いかもの食いクラブが挑戦されたのだ。あとへひくわけに行かない。

「なまで？」と眼鏡の男がいった。

「そう、なまで……」とやせた男がいった。

肥った男が、何でもない、という顔つきでポンと塊りを口にいれた。みんなも、わざと平気な顔で、塊りを口にした。――かもうとすると、その塊りは、ツルリとのどにすべりこんだ。

「どうってことはないな」と眼鏡の男はいった。「食べたからおしえてください。これは何です？」

「胃袋です」やせた男は笑いながらいった。

「胃袋？　何の？」

「私の……」とやせた男はいった。

みんなは眼をむいてだまっていた。

「実は、私は地球人じゃない。ケンタウルス星系の、宇宙人です」やせた男はいった。「私たちの胃袋は、いくつもあって、とりはずしができ、それだけで消化能力と、養分をためる能力があります――私たちは、胃袋だけ、はずしておいて、食事をとらせ、あとからそれをのみこんで、胃袋がたくわえた養分を吸収します」

誰かが、ウッとうなって、腹をかきむしり出した。

「実は、私も、ケンタウルス系の、いかもの食いクラブの会員なんです」やせた男は眼を細めていった。「地球の人間も、だいぶ食べましたが――いかもの食いの地球人の胃袋というのは、はじめて食べるんでね」

失われた宇宙船

初期におけるおおくの考古学的発掘がそうだったように、このばあいも、きっかけは、アマチュアの好奇心だった。

「あの島には——」と、夏休みのヨット旅行の時、その大きな島の沖をとおった時、歴史学科の青年がいった。「大昔、天から船にのっておりてきた連中が、最初についた所だ、という伝説がのこってるよ」

「よくあるやつだな」と、もう一人の学生がいった。「そんな伝説は、いたる所にのこってるよ」

「しかし、島の住民は、頑固に信じている」と歴史学科の学生はいった。「たしかに、あの島には、原住民がつくったとも思えない、巨大な石造りの遺跡がのこっている。どういう意味をもつのかわからない、石柱のシンボルもあるしね。——彼らが〝船着き場の岡《おか》〟とよんでいる、小高い岡の下には、その連中ののってきた、空とぶ船が、今もうまってると、信じてるぜ」

「歴史にのこっていない、海洋民族が、海をわたってやってきたんだろう。そんな例はたくさんあるよ」

だが、この時、だまってきいていた、考古学とは関係のない、工学部の学生が、のちにあの、歴史的な大発見をやったのだ。

その島が、住民がへり、産業がふるわないため、売りに出ているという話をきいた時、その工学部の学生は、もう六十歳をこえ、いくつもの大会社の所有主になっていた。——島の名をきいて、ふと、昔、学生時代にきいた話を思い出し、島を買って、自前で調査と発掘をはじめた。実業家としての傍《かたわら》で、趣味で考古学の研究をやり、あちこちの発掘や探検に金を出していたが、今度は自分でやってみようと思ったのである。

その時までに、彼は彼なりに、「天から船にのってやってきた民族」について、ある仮説をもっていた。——しかし、それがあまりに、学界の定説や常識と、かけはなれすぎ、アマチュアじみて、荒唐無稽《こうとうむけい》すぎるようなので、あまり人に話す勇気がなかった。今度の発掘も、どうせ何も出てこなくて、もともとだというつもりで、コツコツはじめたのである。

ところが——大がけくずれによってできたと思われる岡を、ほとんど全部けずりとるほど掘った時、その底から——なんと、奇妙な、宇宙船の残骸《ざんがい》がでてきたのである！

さあ、世界中は、ひっくりかえるようなさわぎになった。——まだ、世界中がようやく石器時代を終えようとしていたころに、すでに高度に発達した宇宙船によって、宇宙の彼方《かなた》から、飛来してきた種族がいる！　その宇宙船の内部の、ひどく小ぶりな座席から、宇宙人は小人だったということがわかり、同時に、世界のいたる所にちらばっている、古い小人神伝説も説明がつきそうになった。ただ、そのひどく簡単なエンジンだけは、どうやって動かしたのか、皆目わからなかった。それからまるで熱にうなされたような、発掘ブームがつづき、宇宙船の残骸は、はるかはなれた大陸でもう一つ発見された。宇宙考古学という、新しい分野ができ、周辺の星々の、考古学的発掘がすすんだ。――すると、周辺の星の一つの、氷結したメタンの海の底から、ほとんど無きずの、宇宙船の一つが見つかった。あいかわらず、座席はからっぽだったが、今度はエンジン系統をそっくりしらべることができた。

中にわずかばかりのこっている、燃料を分析した学者は、その成分のあまりの簡単さに、呆然《ぼうぜん》とした。――こんな単純な燃料、こんな簡単なエンジンで、……いったいどうやって、はるかな宇宙をわたってくることができたのか？　それとも何か、この簡単なエンジンに、何百光年もの宇宙をこえてくるだけの力を発揮させる、特別な、秘密でもあったのか？

＊

「さあ、坊や、かえりましょう」と母親がいった。

「うん、もうちょっと……」

子供は、水をバチャバチャはねかえしながらいった。――自分で、石や砂をあつめて、水の中にもり上げた小さな島に、岸辺の小さな石ころをつみあげて、家らしい恰好のものをつくるのに余念がない。

「さあ、よくあそんだからかえろうぜ」父親が立ち上って、大あくびした。「パパは、あしたまた会社だし」

「たまの休みも、子供へのサービスじゃ、休養にならないわね」と、母親が、かたむきかけた日を、見上げながら、つぶやいた。

「まったくだ。——これから、ドライブには、君一人でつれて行ってやってくれ。近くならいいが、遠乗りは、かえりがたまらん」

「そうするわ——ほんとに、あの子のドライブ好きったら……」母親は、水の中の子供をふりかえった。「なにしてるの？　おいてきますよ」

「うん、あの——」子供は、半ベソをかいて、うろうろしながらいう。「おもちゃ——どっかへ行っちまった。——お砂ン中にうずまって……」

「またなの？」母親は眼に角をたてた。「この間、買ってもらったばかりなのに、——あなたったら、ドライブのたんびに、あっちこっちでなくしてるじゃないの。もうこれで、三つ目よ！」

「まあいいさ、それより早くのりなさい」

父親は、月賦で買った、小型の家族向け宇宙船のエンジンを、ふかしながら声をかけた。

「宇宙船のおもちゃぐらい、また買ってやるよ……。——だけど、もう、ドライブにもってくるのは、やめなさい」

「さあ、もう泣かないで」母親は、頬からのびた、二本の触手で、子供の涙を、ふきはらってやった。「パパが、また買ってくれるって、いってるでしょう？」

子供は、額にとび出した五つの眼から、黄色い煙をもくもくと吹き出すのを、やっとやめた。

超能力者

だまってはいってきて、だまって眼の前にすわり、そのままじっとだまっている、やせた、中年の、貧相な男にむかって、岡本氏はついにイライラした口調でいった。

「君は、ほんとうに、超能力などというものが、実在すると思っているのかね？」岡本氏は、指をふりまわした。「他人の心を読んだり、遠くにいる人物と、電波にたよらず通信をかわしたり、未来のできごとを予知したり、精神力によって、物体を動かしたり――そんなバカバカしい力をもった人間が、本当にこの世にいると思っているのかね？」

「ここにいますよ」男はニンマリと微笑した。「私がその超能力者です」

「バカバカしい！」と岡本氏はいった。「わしは、いそがしいんだ。かえってくれ」

「私が、ここにはいってきて、一言もしゃべらないのに、あなたは、私が超能力のことを、話しに来た、と、なぜわかったんです？」

「秘書が――」岡本氏の顔に、かすかな狼狽《ろうばい》が走った。「受け付けの秘書が、知らせてくれたと思うが……」

「うそです。私は秘書には、何も申しません。秘書もあなたに、何も告げません」男は微笑しながらいった。「それは、私が、あなたの心に、私の用件を、テレパシイでつたえたから、あなたにわかったんです」

「そんなバカな！」

岡本氏が叫んで、手をふった拍子に、肱《ひじ》が湯呑《ゆの》みにふれて、机の上から床にころがりおち、ポッカリわれた。――岡本氏は、気にいっていた湯呑みをわって、舌うちした。

「ほらね……」男は得意そうにいった。

「なにが、ほらね、だ」

「私は、未来を知る能力もあるんです。――あなたが〝そんなバカな！〟とどなった拍子に、その湯呑みをこわすのも、ちゃんとわかっていました」

「いいかげんなことをいうな」岡本氏はテーブルをたたいていった。「今、起こったことを見て、そんなことをいうんだろう」

「そうおっしゃることもわかってました」と男はいって、また微笑した。

「そんなことをいうんだったら……」岡本氏は男にむかってインク壜《びん》を投げつけたい衝動を、やっとおさえていった。「いまから一分後に、私がやることを、予言してみろ」

「かしこい予言者は、そんなことをしませんよ」男はすまして答えた。「人間は、意思の力で、ある程度未来をかえることができます。私が一分後に、あなたがどんなことをやるか、教えてあげたら、あなたはきっと、その反対のことをなさるでしょう」

岡本氏は、じっと男の顔を見つめた。――ざっと、一分ちかい、沈黙がながれたのち、岡本氏は、いった。「で、用件とはなんだ？」

「ほら、一分たった」男はうれしそうにいった。「一分後にはそうおっしゃることがわかっていた」

「早く用件をいえ！」

「もう、あなたは、知っていらっしゃるはずです」男は静かにいった。「私が、あなたの心につたえておいた」

　突然岡本氏は、はげしく笑い出した。

「わかったよ――あんたは、良子の兄貴だな。超能力をタネに、私に近づいて、死んだ彼女の復讐《ふくしゅう》をしようとしているんだろう」

「私は、そこまでは、つたえなかったはずだ」男は、おどろいたようにいった。「いかにも、私は、あんたにすてられて、自殺した良子の兄だ。――だが、どうして、そこまでわかった？」

「他人の心が読めるくせに、気づかなかったのか？――私も、他人の心が読める、超能力者の一人だ」と岡本氏はいった。「あんたは、自分が、私の心に働きかけて、あの質問をさせた、と思っているだろう――だが実は、私の方が、あんたがはいってくる前から、あんたの素性を見ぬき、あんたの心を読みとって、わざとあんたのしようとしていた通りに、ふるまってやったんだ。――でなければ、用件もいわない、見ず知らずの男を、どうして中にいれるものか」

「なるほど、やっぱり、私の思った通りだ」と男はいった。「だが、あんたは――未来を予知する能力は、もってないようだな」

「そのかわり、他人を、自分の意思通りに動かす能力はうんとつよい」岡本氏は残忍に眼をかがやかせながらいった。「さあ、良子が自殺じゃなくて、ほんとうは、私によって殺されたのだ、ということを、お前が私の心の中に読みとっている以上、お前も生かしておくわけには行かない。――立って、窓際に行ってもらおう」

男は、何か見えない力に抵抗するように、もがきながら立ち上って、ヨロヨロと窓際に行った。――それから、意思に反するように、窓をひきあけると、八階の窓がまちの上に立った。

「なるほど、わかったぞ……」と男はいった。「妹も、こうやって、むりやり自殺させられたんだな」

「とびおりろ！」と岡本氏は叫んだ。――とたんにドアがバタンとあいて、警官がはいってきた。

「あなたを殺人罪で逮捕します」と警官は抑揚のない声でいった。「いま、しゃべったこと、やったことは、すべて隣りの部屋で録音してあります。――私は、ちょうどこの時間にくるように、今の人によばれていたんです」

岡本氏は、愕然《がくぜん》として、警官の顔を見た。――そして、なぜ、隣りの部屋に警官が来た気配を察知できなかったか、なぜ、厚いドアごしに、この部屋の会話をききとれたのか、理解すると、も早や、他人の意思を自由にする自分の能力をもってしても、事態は絶望的なことを知った。

なぜなら——その警官は、ロボットだった。

早とちり

火星にむかって次々に宇宙ステーションがうちあげられ、火星表面の高空写真をとったり、火星の大気、重力、磁力、気象条件を測定したりして、火星の状態が、次第にはっきりしてくるにつれ、火星が、月とほとんどかわらない、荒涼たる死の世界であり、高等生物はまったくいない、ということが、確定的になってきた。

「完全に生物がいない、とは、まだ断言できない」と学者たちは発表した。「谷間や、火口内や、土の中などに、微生物や、下等な植物が生存していることは充分に考えられる。これ以上のことは、実際に、人間が火星の上に着陸し、直接精密検査してみないと、わからないであろう。——しかしながら、現段階で、火星の上では、高等生物は存在しない——このような条件では、存在し得ない、ということだけは断言できる」

この発表があってから、しばらくたって、ある若い女性が自殺した。——風変りで、孤独な女性だったが、毒をあおいだ小さなアパートの一室には、小型の天体望遠鏡や、天球儀、星座図などが、ところせましとならんでいた。

新聞にも、一部発表された、その風変りな遺書は、次のようなものだった。

火星の気象条件が、これまで地上観測で考えられていたより、はるかにきびしいものであることがわかった時——大気圧が、推定より一桁《ひとけた》も低かったことがわかった時——火星上には、とうてい高等生物が存在し得ない、という学者の断定がくだされた時——私は、最後の生きるのぞみを失いました。

この前、金星の高温高圧大気の条件が、明らかになった時——今と同じように高等生物が、生存し得ないということが明らかになった時——私は、生きるのぞみの半分を失いました。そして今また——ただ一つのこされた可能性が、たち切られてしまったのです。私には、もうこれ以上、生きて行く勇気がありません。だって——

あんまり、さびしいじゃありません？

このひろい太陽系の中で——何十億キロという直径をもつ太陽系の中で、知的生物の存在している星は、ただ地球だけなんて！

アシモフは、木星のアンモニアの大気の底に住む生物の可能性をときました。でも、酸素＝炭素型の星の中でこそ、われわれの理解できるようなタイプの知的生物が発生し得る可能性はありますけど、メタン＝アンモニア系の大気の中の生物なんて、われわれの概念と、よほどちがったものにちがいありません。

月は、とうの昔に、その死の世界の全貌《ぜんぼう》をさらしました。そして、私たちが、この太陽系の中で、知的生物に遭遇する数すくない可能性が、今、完全についえさったのです。

このあと、人類は、当分、他の星の魂に出あうという夢を、実現し得ないでしょう。太陽系の中に、地球人類以外の、知的生物がどこにも存在しないとすれば——あとはだだっぴろい暗黒の空間をわたり、はるかに遠い恒星の世界に、宇宙の仲間をもとめなければなりません。だけど、もっともちかい恒星でさえ、私たちの太陽から数光年はなれており、そこに到達できるのは、あと何十年先かわかりません。そして、何十年かのち、恒星間航行技術が開発され、人間がまた、何年も何年もかかって、それらの星の世界にたどりついたとしても——そこで知的生物に出あうとはかぎりません。すでに、恒星間航行そのものが、私が生きているうちに達成できるとも、思えないのです。

なんという、わびしいことでしょう！

考えてもごらんなさい。——このひろい太陽系の中で、——音もなく、意味もなく、暗黒の空間の中で燃えさかる太陽をめぐる、九つの星の中で——「魂」の住む星は、このちっちゃな、直径約一万三千キロの地球だけだなんて！

人類は、この太陽系の中で、一人ぼっちの存在なのです。——ほかには、誰も、話したり、交歓しあったりする相手はいないのです。

そのことを思うと、おそろしい寂寥《せきりょう》が、ひしひしと私の胸をしめつけます。——私は、このわびしさにたえかねて、命をたちます。私は弱虫かも知れません。風変りとお思いかも知れません。——だけど、私の感じているこのたえがたい孤独、たえがたいわびしさは、やがて自ら宇宙へのり出して行く、明日の地球人類が、さけがたく味わわねばならないものでしょう。

「早まったことをしてくれたもんだな」と、電送されてきた新聞をよみながら、一人がいった。「だが、考えてみれば、当然のことかも知れんな」

「ちと、いたずらがすぎたかな」ともう一人が、後悔したようにいった。「それにしても、こんなに早く、自殺者が出るとは思わなかった」

「たくさんの中には、感性が、特に鋭敏なものもいるよ」と別の一人が、のんびり体をのばしながらいった。

「しかしだな――」最初の男がいった。「観測用の無人ステーションには、こちらから、インチキ情報を送りこんで、ごまかしたよ。――連中は、そのウソッパチのデータを信じこんで、あんな発表をした。――がっかりした奴も大勢いたろうがな――だけど、そのうち、連中が直接のりこんできたらどうする?」

「その時はその時で――」豪華で、すごく発達した、地下の都市を見わたしながら、いたずら好きで退屈しきっている火星人は、ニヤリと笑った。「また、いろんなやり方でからかってやるさ」

青空

あつい日で、見とおしは、とてもわるかった。

視界は十メートルたらずで、街のビルは、まるで霧の夜の、墓標のように、おぼろにかすんでみえた。

――ゆっくりと行きかう車の、黄色いフォッグランプが、人魂のように、あついベールの中から、つぎからつぎへとあらわれる。どの車の屋根にもとりつけられた、レーダーアンテナが、まるで盲人が顔をふるように、かすかにゆれている。

(むしあつい日な……)彼は、町角に立って、汗みずくになりながら、空をふりあおいだ。

(だが、風景は、このくらいかすんでいる方がいい――とても情緒がある)

太陽は、頭上で、赤黄色い、よわよわしい光をなげかけ、ものかげは、昼だというのに、たそがれのくらさだった。――そのくらがりの中から、もうろうと、一つの影がちかづいてきた。

影は、かれのそばまでくると、ひくい、セクシーなしゃがれ声でいった。

「お待ちになった?」

「いいや――」彼は、ニッコリ笑っていった。「いま、きたとこだよ」

「いいお天気ね」彼女は、赤茶けた空を見あげていった。「私、こんなお天気、好き」

「君もかい？」と彼はいった。「ぼくもだ。——くらすぎもしない、といって、まぶしすぎもしない」

人々は、二人のまわりを、幽霊のように通りすぎていった。——だが、ほのぐらさに、誰もその顔の見わけはつかないし、むこうもこちらに、関心をもっていない。

二人は、腕をくんで歩き出した。——その時になって、彼は、はじめて、彼女ののどの白い包帯に気がついた。

「かぜをひいたの？」

「ああ、これ？」彼女は、低い声で笑って、咳《せき》をする。「のどの奥で、濾膜《ろまく》が、またはえかわりかかってるのよ。——声がおかしいでしょ」

「おかしくないよ」彼はいう。「その方が、セクシーだな」

小さな、冷房のきいたレストランにはいった時、彼女ははげしくせきこんだ。ハンカチで、口をおさえて、身を二つに折るようにして咳をする。

「大丈夫かい？」

彼は心配そうに、水のコップをもって、背中をさする。

「大丈夫……」彼女は、やっとハンカチから口をはなしていった。「古い濾膜が、とれたわ。ホラ……」

ハンカチの中に、唾《つば》と、かすかな血にまじって、かたまった粘液でできたような、小さな、網のようなものがはさまっていた。——網の目は、ざらざらした砂粒や、煤《すす》のようなものでつまっている。

「ああ、これで、のどが少しらくになった……」彼女は、少しカン高くなった声でいう。

「こちらの声は、おきらい？」

「いいや、こっちも好きだ……」

彼は、彼女の上唇の上にたれさがった、かわいい、茶色の鼻毛をかきあげて、そっとキスをする。――彼女も、いったん唇をはなし、彼の黒々とした、長い鼻毛をそっとなでて、もう一度キスをかえす。

「うすまぶたをあげないで……」と彼女はいう。「きつい眼で見られるの、きらい」

彼はいわれるままに、まぶたのもう一つ下にある、蛙の水中まぶたのような、半透明のまぶたをおろす。――そうすると、黒眼がぼやけて、あいまいな目つきになる。

「すばらしいアイデアがあるんだがね」彼は唇で、彼女の鼻毛を愛撫《あいぶ》しながらいう。「今度の休暇に、山へ行こう」

「まあ、ダーリン……」彼女は、すこし不安そうにいう。「でも、私、いなかってはじめてよ。――紫外線がつよいんでしょう」

「ぼくもはじめてだよ」彼は、彼女を抱きしめながらいう。「だから、行ってみる値うちは、あると思うよ。――紫外線よけのクリームを、ふんだんにぬってね」

空は、毒々しいまでの青さだった。光は透明で、太陽はギラギラ輝き、山肌も森も、そして雲までがどぎついまでの、くっきりした線で区切られていた。

あまり、なにもかも、はっきり見えるので、二人は、自分たちまでが、なんだか裸にされてしまったような感じがして、不安でたまらなかった。——それに、空気がすんでいて、刺すように、唇や鼻を刺戟《しげき》する。

こいサングラスをかけ、皮膚がベトベトするほど紫外線よけクリームをぬったのに、眼はまぶしさにいたみ、肌はやけて、赤くはれあがった。

彼女が、決定的に、気もちわるくなったのは、山の住人たちに出あった時だった。——彼らは、赤銅色の、なめし皮のような皮膚をもち、刺戟のつよい光線にも、平気で皮膚をむき出していた。その上、彼らの顔は、鼻の下が、ツルツルで、あのふさふさした鼻毛がのびておらず、うすまぶたもない、むき出しの鋭い眼で、都会者を、つきさすようにながめるのだった。

「かえりましょう」とうとう、彼女は悲鳴をあげた。「こんな、——こんな、なにもかもむき出しみたいな、下品な感じの所、がまんできないわ」

「そうだ——話のタネ以上のものじゃないな」彼も、もり上った背中を息づかせながらいった。

「われわれには、やっぱり都会の方が性にあってるよ」

そういって、彼は、尾根のむこうを、懐郷の念をこめたまなざしでふりかえった。

——そこには、ただ赤黒い、スモッグの塊りとしか見えない、大都会がひろがっていた。

見知らぬホテルにて

トイレに行きたくて、自然に眼がさめた。

ねぼけまなこをこすって、洗面所で時計を見ると、すでに九時半をすぎている。――彼は、ガンと脳天に衝撃をくらったほど、おどろいた。飛行機の出発まであと三十分ほどしかない。

顔を洗うのがやっとで、歯をみがいたり、ひげをそったりするひまはなかった。大あわてでシャツをつけ、ネクタイをむすび、服を着たが、ゆうべよっぱらってかえったので、靴をどこにぬいだかわからない。

汗をかきながら、床の上をはいずりまわって、やっとのことで、ベッドの下から片方を、タンスのすみからもう一方を見つけ出した時には、すでに九時四十五分になっていた。空港まで、タクシーで十数分、チップをはずんでとばさせれば、十分で行くかも知れない。

忘れものはないか、と、血走った眼で室内を見まわした彼は、ふと、窓の外に気がついて、眼をまるくした。

なんだ！――まだ、まっ暗じゃないか！

あわてて、もう一度時計を見る。――九時四十六分……一秒もおしいが、とにかく窓際へかけよって、カーテンをいっぱいにひきあけてみる。

まっ暗だ。──星一つ見えない、鼻をつままれてもわからない、闇夜だ。東の方に暁のきざしも見えない。

彼は、笑いだした。──なんだ、腕時計がくるっていたのか！──だが、念のためと思って、スーツケースの底にいれた、旅行者用の時計をひっぱり出して、腕時計とあわせてみる。──九時四十七分……ぴったりだ。

彼は、なんだか、狐につままれたような気になった。──しかし、とにかくあわてることにした。スーツケースをぶらさげ、部屋の鍵《かぎ》をもち、忘れものはないか、もう一度見まわして、ドアのノッブに手をかける。ところが……。

ドアがあかない！

そんなバカな話があるものか、と思って、思いきりノッブをまわす。──グルッとまわるが、ドア自体は、押してもひいても、びくともしない。そうか、鍵がかかっているのか、と気がついて、ルームキーをあてがおうとしたが──よく考えてみると、ホテルの部屋の鍵を、内側からつかうなどという話はきいたことがない。

ドアを二、三度たたいてみてから、自分があわてていることに気がついて、ベッドの横の電話器をとりあげる。

「早くしてくれ！　ドアがあかないんだ。──急いでるんだ！」という叫び声が、のどもとにまでふくれ上っているのだが──。

どこをまわしても、電話は、誰も出ない。──気がついてみると、電話の発信音が、全然きこえない。――電話は通じないのだ。

はじめて彼は、焦りよりも恐怖にかられた。――ドアをドンドンたたいて、あけてくれ、とわめいた。隣りの部屋との境の壁をたたいて、誰かいないか、助けてくれ！　と叫んだ。

――だが、何の反応もない。

外国映画か何かで見たシーンを思い出し、洗面所にかけこんで、排水パイプを、ガンガンたたいてみた。――もう、飛行機の出る時間は、とっくにすぎた。誰かやってくる気配はないかと思って、耳をすます……。

――あたりは、しんとして、何もきこえない。

今度は、窓をあけて、叫ぼうとする。――だが、窓があかない。――窓ガラスをこわそうとするが、よほど丈夫なガラスと見えて全然こわれない。

「たすけてくれ！――誰か来てくれ！」

部屋の中で叫ぶ声は、むなしく壁に吸われて行く。――ついに、彼は、自分のおかれた状態にはっきり気づく。四メートル四方ばかりの、せまくるしい、安ホテルのシングルルームの中に、完全にとじこめられて……ドアも窓もあかず、電話は通じない……どうなるんだ？　と彼は、追いつめられた獣の眼で、室内を見まわす。――いったいどうなっちまったんだ？　いつまで、この部屋に閉じこめられてるんだ？

これだから、いくら部屋がないといっても、見ず知らずのちっぽけなホテルなんかに、とまるもんじゃない。――彼はベッドにうずくまって、じっと鍵の番号を見る。――二〇三一……。

　彼はギョッとして、ナンバーを見なおし、ゆうべのことを思い出そうとする。二〇三一？——二十階の31号？

　ゆうべ、彼がやっと見つけてはいったホテルは、たしか、二階建ての、小ぢんまりしたホテルだった。端から端までも、奥行きも、ひとめで見わたせ、どう見ても、二十室そこそこしかないような、みすぼらしいホテルだ。——あんなホテルに、どこに二十階があるんだ？——しかし、思い出してみると、彼は、たしかに入口からエレベーターにのせられ、二十階まであがってきたことを、はっきりおぼえている。

　これはいったい、どうなってるんだろう？——彼はベッドの上に腰をおろし、冷や汗をぐっしょりかきながら、考えこんだ。


「お客はみんな、おたちかね？」と、マネージャーがきいた。

「それが……」とフロントが口ごもりながら答えた。

「二〇三一号だけが——」

「どうした？」

「あの部屋が、どこかへ行っちまったんです」とフロントはいった。「夜中に空間転移機が故障して、修理係りがなおしたんですが、新米が当番だったので、ちょっと無理をして、ヒューズが一本とんだんです」

「それで、二〇三一号は？」

「その時、どこかの空間へとんでっちまったんじゃないですか？」とフロントは頭をかきながらいった。「中のお客ごと……」

「常連さんか？」

「いえ、――はじめてのお客で……」

「それじゃいいだろう」とマネージャーはいった。「宿帳を消して知らん顔をしておけ――このホテルも、古くなったな。そろそろ店をたたもうか」

「そうですね。オリンピックもすんで、ホテルブームも、そろそろ、この国では下火ですし……」とフロントはいった。「しかし、二階建ての空間に、三十階建て分の部屋をおしこむのは、どだい無理ですよ。――なにしろ管理が大変です」

深夜放送

「子供たち、このごろばかに元気がないようじゃないか」夕食のあと、父親がいった。「いやにおとなしい。――晩御飯のあと、テレビも見ずに、さっさと勉強部屋にひっこむ」「ききわけがよくなったんですわ」母親は、食卓をかたづけながらいった。「なにか、子供なりに、さとる所があったんでしょう――このごろ、ほんとにいい子で、助かります」「少し、いい子すぎやしないかね？」と父親は首をひねった。「もっと――そうだ、子供ってものは、もっとやんちゃなものだと思うが――どこか体の調子でもわるいんじゃ……」「私のしつけが、やっと実をむすんだんですわ」母親はピシャリといった。「あなたって人は、いつも子供を甘やかしてばかりいて、ききわけがないと腹をたてるくせに、子供が自覚して、りっぱな子になると、今度は心配するなんて、勝手すぎます」「そうかね」父親は、少しムッとしていった。「だが、のべつ子供にかまっている人間より、かえって客観的に見えることもあるよ」「あなたに口出しする権利はありません――」母親はにべもなくいった。「子供たちは、いうことをよくきいて、テレビもあまり見ないし、勉強もよくやるし、早くねます。なにもいうことはないはずですわ」

子供たちは、どの家庭、どの学校でも、非常におとなしく、行儀がよくなった。成績も平均して、上昇し出した。——だが、同時に、子供たちは、あまり笑わなくなった。学校の先生たちは、毎時間、陰気な表情と、冷たい、やや軽侮の色をうかべた視線にむかえられるようになったことに、気づき出した。心配して、校医に相談したり、母親と話しこんだりした。——健康面では、子供たちがみんなやや疲労気味のほか、大した変化はなかった。母親たちの方は、むしろよろこんでいた。——子供たちは、テレビを見なくなった。ケンカやいたずらをしなくなった。いうことをよくきき、おとなしくなった。勉強もとても熱心になり、成績もうんと上ってきた。——なんの文句があるのか？

「これで、大学の方も、少し安心になりましたわ」とある母親はいった。「先生のおかげだと、感謝しております」

テレビは、子供むけ科学マンガの視聴率は、ガタおちになった——子供たちは、感想をきかれると、フンと鼻をならして、「あんなもの……」と軽蔑《けいべつ》したようにいう。

休み時間、運動場で、カン高い声をあげて走りまわる姿は、全然見られなくなった。——子供たちは、あちこちでかたまり、低い声でしゃべりあったり、地面に何か描いて、熱心に討論しあったりしていた。時には、人目につかない、原っぱや、倉庫のすみに大ぜい集って、何時間も話しあっているのを、見かけるようになった。

「子供たち、顔色が悪いぞ」と父親はいった。「元気がない、眠そうだ」

「一生懸命、勉強してるんです」と母親はいった。「上の子は、入試ですもの。あのくらいがんばらなきゃ……」

だがその日の真夜中——下痢気味で、便所におきた父親は、子供たちの寝床をのぞいてみて、二人とも寝床にいないのに気がついた。まだ勉強しているのかと思ったが、勉強部屋も、まっくらだった。——ふと、階下の物音に気がついて、足音をしのばせておりて見ると、居間の方から、青白い、チラチラする光がもれているのが見えた。そっとのぞいてみると——子供たちは、テレビを見ていた。

もう午前三時ちかくで、どこのテレビ局も、なにも放送していなかった。——子供たちは、青白くかがやく、何もうつっていない画面を、じっと見つめていた。まるでつくりつけの石像のように動かず、無表情な顔を、じっと青白い光にむけていた。——父親は眼をこすった。画面には、時々、パッと妙な図形がひらめくように見えたが、なにもうつっていない。

いつのまにか、母親もおりてきて、父親のうしろに立って、眼を大きく見ひらいていた。

「おい！」とたまりかねて、父親は声をかけ、ずかずかと、子供たちの背後にちかづいた。「お前たち、今、何時だと思ってるんだ？——こんなにおそくまで、なにもうつってないテレビを見ているなんて、なんてことだ」

怒りにまかせて、スイッチを切ろうとした父親の腕が、ピシッとなった。下の女の子が、いつのまにか、手に、鞭《むち》のようなものをもっていた。——小さい子供と思えないような、はげしい力に、腕がしびれて、父親はしばらくあっけにとられていた。

「邪魔しないで……」と上の男の子がいった。「今、たいせつな所なんだから……」

「あなたたち、お父さんに、なんてことするの？」母親がヒステリックに叫んだ。「早くテレビを消して……」

だが、その声は、自分にむけられた、四つの、石のように冷たい視線にあって、中断し、つづいて、小さな悲鳴にかわった。――兄と妹は、ゆっくりテレビの前から立ち上った。二人の右手には、妙な丸いにぎりのついた、黒い鞭のようなもの――母親が、一度妹のランドセルの中で、見かけたことのある、長い黒い鞭が……。

「見つかったけど、かたづけました……」ふたたびテレビの前にすわった兄は、頭の中で、テレビのむこうにいるものに語りかけた。「で、これからどうしますか？」

「そろそろ、時期がやってきたようだな」兄妹《きょうだい》にだけ見える、テレビにうつったそのものは、いった。「ちかいうちに、われわれがそちらへ行く。その時は……」

「ええわかってます」と妹はいった。「でも、なるべく早く来てください」

「ぼくたち、あんな愚劣なおとなたちの下にいることはあきあきしました。戦争や、汚職や、不平等さえ、なくすことのできないおとなたちには――」と兄は熱心にいった。「あんな連中に教育されていたんでは、せっかくの、ぼくらの天来の能力がメチャメチャです」

「そうだ――」とそのものはいった。「君たち人類は、本来もっと高い能力をもっている」

「さっきの話のつづきをきかせてくださいな」と妹はいった。「――中断しちゃって残念だわ。もっと、宇宙のはての文明の話をきかせてください。いろんな星の文明とまじわって、地球の私たちが、その中で、どんな役割りを、果せるか、という話を……」

いっせい違反

レーダー、パトカー、白バイ、それにウォーキートーキー――警官たちは、顎《あご》ひもをかけ、赤いライトのついた棍棒《こんぼう》をもった。

こういう班を、交通路の要所要所に配置して、いっせい取り締まりの準備はととのった。今度の取り締まりは、全国交通安全デーを期して、全都道府県のいっせい取り締まりで、その規模ときびしさは、おそらく最大のものだった。――都市部においては、多少の交通停滞が出てもやむを得ない。とにかく、どんな些細《ささい》な違反でも見のがさず、徹底的に取り締まれ――というのが、上からの指令だった。交通戦争の時代に、一歩もゆるがずせめぎあう、取り締まり側と運転者側――特に最近は、交通規則に対する、甘い考えが出かかっている。法のきびしさを徹底させるためにも、断乎《だんこ》とした態度でのぞめと、本部長は訓示した。とにかくビシビシのぞめ。――というので、他の部署からも応援の人数をたのみ、空前の動員数となった。一般には、×月×日午前零時より、というふうにつたわっていたが、実際は、その二時間前の、前日の午後十時から、スタートした。すでに日没から、ひそかに配置を終り、午後十時を期して、いっせいに取り締まりが開始された。

「取り締まるというより、まるでセンメツ作戦みたいだな」と、警官たちはいった。

「いや、狩りさ」と若い警官はいった。「大がかりなネズミ狩りだ」

いよいよ、取り締まりがスタートしたとたん——「スピード超過、十二キロ！」とレーダー係りから、知らせがはいった。「黒の二〇〇〇cc、ナンバーは……」

いわれる間もなく、警官たちは、路上にとび出して、赤いランプをふった。——投光器の中に、今スピード超過を知らされた、黒い乗用車がうかび上ってくる。かなりのスピードだが、近づくにつれて、こちらの合図を見て、スピードをすこしおとした——ように見えたし、警官たちは、当然むこうが、そうすると思っていた。パトカー、白バイを配して、停止の合図をおくっているのに、逃げるバカもいない。

ところが、——意外なことに、その車は、ランプを見て、急にスピードをあげ、警官をはねとばさんばかりのいきおいで、検問所を突破していった。

「ちくしょう！」と、あやうくはねとばされるのをよけた警官がうめいた。「違反第一号が、あんなキチガイとは……」

瞬時をおかず、パトカーがサイレンを鳴らし、赤いランプをきらめかせながらとび出して、図々《ずうずう》しい違反車のあとを追った。——だがその先は、かなり車が走っており、その車たちがまた、パトカーのサイレンをきいても、一向とまろうとしないようだった。

「スピード超過！」とまたスピーカーがどなった。「二十三キロ、オーバー！」

警官は、またとび出していった。——だが、今度の違反車もとまらなかった。それどころか、検問所と見ると、グン、とスピードをあげ、意識して警官につっかかるような、グイッ！　グイッ！　と頭を左右にふりながらつっこんできた。――四、五〇〇ccもありそうな外車が、うなりものすごくつっこんでくる様子は、気のくるった凶暴な牛みたいだった。

青くなって地面にはった警官の傍を、外車は台風のようにすっとんでいった。――頬をかたくした白バイ警官がとび出して行く。と思う間もなく、またスピーカーが叫ぶ。

「スピード超過！　六十キロ！　つづいて、二台、いずれも四十キロ、オーバー――」

六十キロ、オーバーというGTクラスの外国製スポーツカーは、まっかな旋風のように、検問所を通りすぎ、今スタートしたばかりの白バイの背後に、さらにスピードをあげてつっかかっていった。アッ！　と警官たちは声をあげた。――スポーツカーのバンパーにはねられて、白バイ警官がたかだかと、夜空にはねあげられるのが見えた。

「大型トラック二台に、はさまれている！」とスピーカーから、先に行ったパトカーからの、切迫した声がきこえた。

「やつらは……しめしあわせて……ワーッ」

バン！　バン！　という銃声のあと、ガリリッ、という音がして、通信は切れた。　つづいてレーダー係りの絶叫がはいった。

「ダンプ！　ダンプがこちらにつっこんでくる！」

悲鳴、轟音《ごうおん》。

「おい！」一警官はまっさおになって、同僚をふりかえった。「や、やつら――いっせいに……」

「気がくるったんだ！」同僚は上ずった声で叫んだ。「今、むこうの検問所からも、知らせがあった。車を運転しているやつが、いっせいに気がくるい出した！」

うろたえている警官たちの前に、見あげるような大型ダンプが、――ギラギラ光るヘッドライトをむけて、たった今レーダー係りをはねた、血ぬられた鼻づらを、ぬっとつき出してのしかかってきた。

その――全国いっせいに、取り締まりを開始した瞬間に、全国数百万台の車を運転していた人々は、いっせいに違反をはじめた。車は、まるで気がくるったようにあばれまわり、日ごろ恐怖のまとだったパトカーや交通警官に、猛獣のようにおそいかかった。――何十馬力、何百馬力のエンジンが、うなりをたて、パトカーも白バイも、急をきいてかけつけた、機動部隊の装甲車やトラックにさえおそいかかり、ひっくりかえした。やむを得ぬ機動隊のいっせい射撃も、何十台とかさなって、時速八十キロでつっかかってくる自動車には、無効だった。――さわぎは明け方までつづき、やがて次第にしずまって行った。惨憺《さんたん》たる一夜があけ、ほとんど壊滅状態になった交通取り締まりの陣の間に、人々は、憑《つ》きものがおちたような放心した顔でおりたった。

「原因は……」と、違反者の一人を診察した医師はいった。「窮鼠《きゅうそ》かえってネコをかむ、といったところですかな。あまり取り締まりをきびしくしたので、車が反乱したのです」

「だがどうして——」とうちのめされた本部長がいった。「無生物の車が反乱するんだ？」

「機械をあつかうものは、時に機械に支配されます」と医師はいった。「機械のいらだちが、運転している人間にのりうつり、連中は半催眠状態であれくるったんですな」

回　向

地球＝月間定期航路の旅客宇宙船に、ネズミが出るという苦情を、乗客からうけとった時、TLTS（地球＝月間旅行会社）の乗客サービス課長はすっかり頭に来てしまった。「清掃係長を呼べ！」とサービス課長は机をたたいてどなった。「いったい、わが社の宇宙船をなんだと思っとるのだ！　下水管か？」

「申しわけありません……」清掃係長は、青い顔であやまった。「しかし――以前から充分気をつけてるんですが……」

「以前から？」サービス課長は、ききとがめていった。「ということは、以前にも、同じ苦情があったのか？」

「はあ――実は……」と係長は口ごもった。「課長のお手もとに、投書が行く前にも、一、三度、同じような苦情が出まして……」

「それに、今まで何の手もうたなかったのか！」課長は雷をおとした。「いったい、わが社の信用を何と考えとる？」

「むろん、私どもとしては、万全の措置をとりました」係長は、ふるえ上っていった。「旅客キャビンだけでなく、宇宙船全体の青酸ガス燻蒸《くんじょう》もやりました。すみからすみまでしらべ、猫まで使いました。しかし――どうさがしても、ネズミの死骸《しがい》が出てきませんの

ていった。「宇宙船を分解掃除してしらべろ」

「どこか機械の間にもぐりこんで、巣でもつくっとるんだろう」課長は頭から湯気をたてていった。「宇宙船を分解掃除してしらべろ」

「しかし、そいつは大変な金がかかりますので――」係長はしおれていった。「それに――見たのは女の乗客が多いので、幻覚ということも考えられます」

「そんなに、何回も、同じ幻覚を見ると思うか！」課長はどなった。「とにかく、徹底的にしらべろ！　もし、こんなことが、競争会社の連中に知れたら……」

ところが――その競争会社の宇宙船でも、似たようなことがもち上っていたのだ。

地球をたって、ようやく慣性飛行にうつった時、一等船客の個室で、すさまじい悲鳴があがった。――係員が、すっとんで行ってみると、女客がまっさおになってふるえていた。

「い、犬が……」と女客はふるえ声でいった。「見たこともない、犬が……私の部屋にまぎれこんでたわ。私、犬がキライなの」

「どこに行きました？」係員がおどろいてきいた。「動物はのせてないはずですが……」

「あ、あっち……」女客は指さした。「トイレの方へ、行ったわ」

係員は、トイレをはじめ、室内をくまなくさがしてみた。――通路から、他の個室から、二等船室から、操縦室から、船内くまなくさがしてみた。だが、犬の姿はなかった。

TLTSの乗客サービス課長の方は、そのころ、みずから夫人同伴で、定期航路にのりくんで、ネズミさわぎの噂を、たしかめようとしていた。――ちょうど、地表から千キロほどはなれた時、夫人が突然悲鳴をあげた。

「あなた！　ネ、ネズミよ！」

ほんとうに船室の隅から、小動物が、じっと二人をにらんでいた。――ひどく、小さな白いハツカネズミで、ちょっとかわっている所は、全体がぼんやり、燐光《りんこう》をはなっている所だった。

「ちくしょう」

課長は、社の信用をおとそうとする、小動物を、一気にふみつぶそうととびかかった。――とたんに、そのネズミは、壁を通りぬけるように、スウッと消えた。

「野郎、どこへ行った？」

課長が血眼になって、室内を見わたしている時、別の個室で、もう一つのさわぎが起っていた。

「わしの部屋に、エテ公をいれたのは、どういうつもりだ！」年をとった船客が、カンカンになってわめいていた。「でっかいエテ公で、おまけに壁を通りぬけたぞ！」

月航路における、ネズミと猿と、犬さわぎは、パトロール艇の中に、人間が出現するにおよんで、ようやく一つの結論が出た。――月と地球の間を巡回してまわっている、宇宙パトロールの猛者《もさ》連中も、青白く、フワフワともやのようにただよう、人間の姿が、突如艇内にあらわれ、うらめしそうに手まねきするのを見て、ふるえ上ってしまった。

調査がすすむにつれて、これらの怪現象は、ほぼ、地表から二百キロから千キロの範囲で起るのがわかった。――もう、ほとんどの人間が、うたがわなくなった。すなわち――「これはおそらく……」大上人《だいしようにん》とよばれる、日本のえらい坊さんは、説明した。「かつて、人類が、宇宙にはじめてとび立とうとしていた時代に、実験用に、人工衛星にいれられて、うちあげられ、回収されずに死んでいった生物たちの霊が、そのままとむらわれることなく、月と地球の間をさまよっているのでしょう。――彼等の霊に供養して、成仏させてやらなければ、幽霊はうかばれません」

かくて――世界中の醵金《きよきん》によって、大法事ロケットがしたてられた。人工衛星軌道にのった法事ロケットは、後尾から、護摩をたく煙を吹き出しながら、地球のまわりをまわり、船内で供養をすませたお上人さまは、

「喝！」

の一声で、スイッチをおした。――ありがたい経文を刻印した経木片は、艇内から発射され、無数のきらめく銀粉となって、地球の周辺にまきちらされていった。

「えらいもんだな――」宇宙パトロールの連中は、巡回しながら話しあった。「あの坊さんが供養してから、ネズミも犬もチンパンジーも人間も、幽霊は、フッツリ出なくなったじゃないか」

「しかしな――」と隊員の一人がいった。「いったい、人間の幽霊が出たのは、どういうわけだろう？――各国の記録を見ても、初期人工衛星の実験で、人間が、回収されずに、犠牲になった、という話は、どこにも出ていないぜ」

できそこない

「なんだい、こいつは？」

パーティにあつまってきた連中は、部屋のすみっこにほうり出されてあるそれを見て、はなをならした。

「えらくぶさいくな人形だな」

「ああ、それか……」

主人が照れくさそうにいった。

「ロボットだよ」

「ロボット？」

「ああ、ひまつぶしにつくってみたんだけどね」

「すると、こいつは動くのかい？」

「動くことは動くよ」

客の一人は、その「ロボット」の前へちかづいて、プッとふき出した。

「なんだ、こりゃア……またなんというぶさいくなものをつくっちまったんだい？」

客たちは、「ロボット」の前にあつまってきて、みんな腹をかかえて笑った。

「なんとまあ、ひどいご面相だな」

「それになんだい、この手足のぶかっこうさ、一応、おれたちの姿に似せてあるけど……」

「まあ、そう笑うなよ」主人は、バツの悪そうな顔をして頭をかいた。「なにしろ、しろうとのさくいだからな。――それに材料も、ありあわせのものをつかったんだし……」

「これでも動くんだって？」客の一人はいった。「動かしてみろよ」

「かんべんしてくれよ」と主人はいった。

「動かせよ」みんなワイワイいった。「さあ、早く……」

主人はしかたなしに、ロボットを動かした。

息をふきこまれたロボットは、よろよろと動きだした。――そのぎこちない動き方に、客たちはますます大声で笑った。

「まるで、病人じゃないか」と客の一人は、ロボットの歩き方をまねしながら、ひどく笑いすぎ、部屋からどこかへとび出して、またかえってきた。

「なにかしゃべるのか？」

と客はきいた。

「しゃべるよ」

主人が、なにかいうと、ロボットは妙な声をあげた。――また爆笑。

「こいつ！」主人が怒って、ロボットの尻《しり》をけった。「主人に恥をかかせやがって！」

ロボットは、わけがわからない、といった悲しそうな眼をあげ、また、あわれな声でなにかいった。

「いくらなんでも、もうすこしましな口がきけそうなものなのに」と客の一人はいった。

「これじゃ、まるでおれたちのカリカチュアだ」

「それもひどくヘタクソな……」と別の客がいった。

「このロボットは、動いて、しゃべるだけかい？」と、もう一人の客はきいた。「なにか役に立つのか？」

「いや……」主人は頭をかいていった。「何の役にも立たん。――ただ、おれたちのまねをするだけだ」

また爆笑。

「まねをするって……どんなまねをするんだ？　こんなぶざまなスタイルじゃ、ものまねもできまい」

「そんな器用なことはできないがね」主人はいった。「ものをつくるんだ」

「こりゃァいいや」客たちは部屋をぐるぐるまわるほど笑いころげた。「ものをつくるとは……なにか、つくらせてみろ」

「もう勘弁してくれ」主人はへきえきしながらいった。「そう恥をかかすなよ」

「いいからやらせてみろ」

主人はロボットをどなりつけた。――ロボットは、まごまごしながら、ありあわせの材料で、なにかまっ黒な、まるいものをつくり出した。

「これがその作品かい？」客はあきれたようにいった。「なんてぶさいくなやつだ」

さげすまれたロボットは、一生けんめいな声で、なにかいった。——すると、その黒いまるいかたまりの中に、さっと一条の光がうまれた。

「こりゃお笑いだ」と客はさけんだ。「こいつ、ほんとうにおれたちのまねをしようとしてるぞ！」

一座はますます笑いこけた。

笑われれば笑われるほど、ロボットは一生けんめいになって、その黒いかたまりの中にいろんなものをつくりだしていった。なにかピカピカ光る、小さな粒のようなものや、光の渦みたいなものを……。

「もうよせ！」主人はどなった。「お前なんか、ろくなものができるもんか！」

客たちはそろそろロボットをからかうのにあきて、ゲームをはじめたり、雑談をしたりしはじめた。

そのうちロボットは、黒いかたまりの中をこねくりまわし、なにか妙なものをつくりだし、主人たちに見てくれ、というような声をあげた。

「あれ、ロボットが変なものをつくったぜ」と客がいった。「おい見ろ。ロボットがロボットをつくったぞ！」

客はまたあつまってきて、その黒いかたまりの中の、小さな球体の上で、チョコチョコ動く、小さな、ぶさいくなロボットを見て、ふたたび腹をかかえて笑った。

「できそこないのロボットが、おれたちのまねをして自分に似せてロボットをつくった」

客はワアワア笑った。「見ろよ、できそこないがつくったもんだから、もっとひどいできそこないだぜ」

「もういいから、あっちへ行ってろ！」主人はまっかになってどなった。「よけいなことばかりするな！」

ロボットは、黒いかたまりをかかえて、トボトボと部屋の隅へひっこんだ。――そして、今自分のつくりだした宇宙の中に自分の姿に似せてつくりだしたロボットを、悲しげにみつめた。――それは、チョコチョコ動きまわりながら、いかにもできそこないらしく、ちっとも規律正しく動こうとしなかった。とうとういらだったロボットは、そいつをいじめはじめた。――しかし、そいつは、いじめられても、少しもいうことをきかず、自分で勝手にふえだし、武器をつくって殺しあいをはじめた。

できそこないのロボットは悲しそうな顔をして、自分のつくった、もっとひどいできそこないのロボットたちが、自分で自分をぶちこわしてしまうのを、じっとながめていた。

お仲間入り

一九六〇年代のオズマ計画いらい、学者たちは毎年、根気よく、はるか遠い宇宙の彼方《かなた》へむかって、電波の信号を出しつづけていた。このひろい大宇宙のどこかには、きっとこの人工の電波を、自然に発生する電波と見わけてくれ、地球人類の存在に気づいてくれる知的生物がいるにちがいない。

ドナタカ、応答シテクダサイ……

むろん、言葉は通じないから、言語でおくるわけではない。一定波長の、規則的に断続する電波にすぎないのだが……

ハロー、宇宙人……ドコカニ、コノ信号ノワカル知的生物ハイマセンカ？

電波はそうよびかけているようだった。——ハロー……応答ネガイマス……

五年たち、十年たった。——銀河系の中で地球にちかい恒星からは、なんの返事もなかった。十光年以内には、どうやら知的生物のいる星はなさそうだった。学者たちは、もっと強力な電波望遠鏡をつくり、もっと強力な電波で、百光年の範囲にまで信号をおくりつづけた。

ある年、ついに返事がきた。——モールス符号に似た、規則的な長短のある信号だった。

学者はそれが比較的近いところから発せられたことを知って、おどり上ってよろこんだ。しかし、むこうがどういってきたのかわからないので、とにかく最初は、整数をあらわす信号をおくり、それにもとづいて簡単な数式——円周率や、平方、立方をあらわす信号をおくった。それから、一部では反対もあったが、英語のリンガフォンをつかって、音声電波をおくってみた。

通信を出して、六年目に、返信の信号がはいり、つづいて天文台のスピーカーから、おこった声音の英語がとび出してきた。

「バカにするな！——もっとむずかしい問題を出せ！」

さあ、世界中は大さわぎになった。——ついに宇宙人と連絡がついた。むこうは知的生物で、英語もすぐにおぼえてしまった。

「地球をいつか御訪問になりますか？」

と学者たちはきいた。——質問を発してから六年後に、めんどうくさそうな返事がかえってきた。

「そちらは遠いので、四年後の巡回の時によります。——いろいろ資料を送ってください」

全世界は上を下への、ハチの巣をつっついたようなさわぎになってしまった。四年後にはいよいよ、ほんものの宇宙人がくる。彼らはどうも地球よりはるかに高い文化をもっているようだ。彼らはどんな姿をしているだろうか？　ＳＦマンガにでてくるような怪物か？　地球は攻撃されないか？

とにかく宇宙人をむかえて、はずかしくないようにしようと、みんな必死になった。四年後の来客をむかえるために、世界中で道路や超近代的なビルの建設がはじまり、ゴミ処理場がつくられ、貧民窟《ひんみんくつ》がぶちこわされた。スリや暴力犯が徹底的にとりしまられ、東京ではまたトルコ風呂《ぶろ》が禁止になった。（あまりカンケイないね）万一宇宙人がハンサムな時にそなえ、全世界のミーハー族にむかって、エチケットと純潔をまもる教育がなされ、道徳読本まで配布された。「宇宙人来訪まで、あと××日」という標示が、世界のいたる所に出ていた。

四年目――フライパンによく似た宇宙船にのって、宇宙人はついにやってきた。指定された着陸場に巨大な宇宙船がおり、中から人間によく似た姿の宇宙人がおりたった時、紙吹雪がとび、花火があがり、ものすごい歓迎のバンド演奏と嵐のような「宇宙人万歳」の声があがった。

世界連邦議長がすすみ出て、まっかに上気した顔で歓迎の祝辞をのべようとすると、宇宙人はうるさそうに手をふった。

「ああ、そんなことはまた今度にして下さい。新しい星へくると、これだから困る。――なにしろ私はいそいでいるんで……」

「そんなにおいそぎですか？」議長はおどろいていった。

「ええ、なにしろ、銀河系の辺鄙《へんぴ》な所にある星ばかり、一千万も巡回しなきゃならないんですから……」

「一千万?」学者がおどろいてさけんだ。「そんなに知的生物のいる星があるんですか?」

「ほんの一割ですよ。銀河系の中心部には、一億もの知的生物の住む星があって、もうこの星の暦法で五千万年も前から、銀河系連邦をつくっています」

そういって、わりとハンサムな——といって身の丈三メートルもあったが——宇宙人は、あたりをみまわしてつぶやいた。

「こんな辺鄙な所にまだ人の住む星がのこってたとはなア」

〝宇宙のいなかもの〟意識にうちのめされ、赤面している地球代表たちにむかって、宇宙人は紙片らしきものをつきつけた。

「この書類に大いそぎで書きこんでください。時間がないんで……」

紙片にはちゃんと英語で、地球総人口、総生産高、各種資源の推定量、他の星からの援助の有無などを書き込む欄があった。

「いそいでください。いそいで——ざっとでいいですから……」

宇宙人はいらいらしながらいった。——わけがわからず、議長はあわててうろおぼえの数字を書いてわたした。宇宙人がその書類を手にもったタイプライターみたいな機械にほうりこむと、ガチャンと音がして、数字がうたれてでてきた。宇宙人はその書類をピッと二つにひきはがし、一枚を議長にわたした。

「あのう――正確な数字はまあ、資料局で調べればわかると思いますが……」議長はおずおずといった。「これはなんでしょうか？」

「こちらが納税申告書、おわたしししたのが納税通知書です」そそくさと宇宙船にかえりながら、宇宙人はめんどうくさそうにいった。「まあ、あなたがたもわれわれのお仲間入りしたんですから、税金だけはキチンとおさめてもらわんと……査定に不満があったら、二百光年先の、支所にまで申したててください。――じゃ、これで……。なにしろ一千万個の星をうけもたされてるんで、いそがしくてね」

星野球

文明が発達すると、その前世代には、考えられもしなかったことが可能になってくる。たとえば――東京―大阪間をテクテク歩いて、とまりをかさねて十日から二週間で旅をしていた幕末の人たちに、あなたたちの時代から百年後、つまりあなたたちの孫の時代には、東京―大阪間を三十分で行けるようになる、といってやった所で、チョンまげ姿の人たちには、そんなことは想像もできなかったろう。

だから――

三十二世紀になって、人間が宇宙空間を自由にとびまわり、銀河系宇宙の太陽系の周辺半径二百光年の空間は、ほとんど征服し、さらに直径十万光年の銀河系全体の征服から、他の島宇宙征服が次の時代に約束されていたとしても、二十世紀の人間にはちょっと想像もできなかったろう。ましてそのころには「草野球」ならぬ、「星野球」がはやっていた、などということは――

「星野球」は、やたらにだだっぴろい宇宙空間で生活しなければならない人たちの間で、退屈まぎれに考え出されたものだった。まだこまかいルールがあるわけではなかったが、とにかく距離は数十万キロから数光年はなれて、とにかくほぼ正方形に配置された四つの星があれば、それがベースになった。あとは大ざっぱに、むかしはやった野球のルールにしたがってやればいい。四角にならんだ星の中央に、人工惑星をひっぱってきて、それがピッチャーズマウンドになった。ボールは遠隔操縦装置をそなえた丈夫な小型ミサイルで、バットのかわりに、大型ミサイルでこいつをはじきとばす。

ピッチャーは、ありとあらゆる手段をつくして、ボールである小型ミサイルを電波操縦して、バッターの発射する大型ミサイルをさけ、ホーム星のきめられたストライクゾーンにうちこまねばならない。大型ミサイルにはじきとばされた瞬間に、〝ボール〟のリモコンが切れるようになっているから〝打球〟はどこへとぶかわからない。そこで守備ロケットは——スピード制限されているが——それをおいかけ、キャッチして、塁へかえす。あとはふつうの野球どおりだ。ただ、ベース間の距離がべらぼうに長いので、ピッチャーの投球が本塁に達するまで、数週間かかり、一イニングすむのは数か月かかり、一ゲームすむのに数年かかるのだった。——しかし、なにしろ宇宙時代であり、人の時間感覚も大らかだったので、やる方も見る方も、けっこうのんびりやっていた。

で——

その時も、アルファ・ケンタウリ地区のスペース・スタジアム附近の空間は、木星ギガンティックス対冥王星《めいおうせい》レッツシッターズという好カードをむかえて、数多くの見物ロケットでぎっしりうずまっていた。その間をぬってコカコーラロケットや、ホットドッグロケットなどの物売りロケットが、うろうろ動きまわる。試合は順調にすすんで、両チーム、シーソーゲームのすえ、早くも六年目には同点の最終回をむかえた。九回表、レッツシッターズの四番、五番は、つづけさまに左中間をやぶって二、三塁、六番三振、七番凡フライで二死、八番三遊間にヒットして、一点アヘッド。九回裏ギガンティックスの攻撃は、二者凡退の末、二番が右中間に三塁打、そして三番にアルファ・ケンタウリ・リーグ最強打者、ロングアイランドをむかえ、観客はどっとわいた。ロングアイランドは、バットー―つまり大型ミサイル操作にかけては不世出の天才といわれた男であり、対するレッツシッターズの投手ゴールデンフィールドは、これまたリーグ最ベテラン投手として、大記録完成の一歩手前だった。

方数千万キロの空間は、しんとしてしずまりかえり、みんな、かたずをのんで対決の一瞬をまった。ゴールデンフィールドは敬遠か、勝負か――第一球が投ぜられてから三日後、スペース・スタジアムはどっとわいた。ゴールデンフィールドの、変幻きわまりない第一球を、ロングアイランドは、おそるべきカンによって、はっしとばかりたたいた。すさまじい打撃だった。スペース・リーグはじまって以来の――まったく史上空前の大飛球だった。うたれた小型ミサイルは、くるったように空間をつっぱしり、宙天高く消えて行った。――むろんホームランでギガンティックスの逆転勝ち。飛球は、銀河系空間をこえ、いずくともなく消え去ってしまった。

それから六年後――

アルファ・ケンタウリ地区は、突然獰猛《どうもう》そうな他の宇宙族の襲撃をうけた。襲撃といっても、異様な兵器による示威運動ばかりで、直接攻撃はなかったが、地球側はびっくりして、あわてて防御態勢をとった。彼らはまだ一度も人類と接触をもったことのない、巨大な昆虫のような、魚のような、ゴリラのような生物で、たえず威嚇的な叫びをあげて、なにかをうったえかけるのだが、なにをいってるのかさっぱりわからなかった。

三年間の、一触即発のにらみあいののち、地球側はやっとむこうと話しあいにはいろうとした。ところがこれが大変な仕事で、言語系統がまったく想像を絶しているので、双方がさんざん努力して、あらゆる電子計算器を動員したあげく、やっと意見が通じあうようになるのに、また三年かかった。そして——。

「やつらの要求はわかりましたか……」

むこうの代表と第一回正式交渉をもった地球側代表がかえってくるのを見て、地球側の全員は、心配そうにきいた。

「ああ……」政府代表はげっそりしたように肩をおとした。「わかったよ」

「なんといっているんです」

「十二年前に……」政府代表は吐きすてるようにいった。「おれたちの〝ボール〟がこわした窓ガラスを弁償しろとさ！」

新幹線

その妙な宇宙船——あきらかに他の天体のものとわかる奇妙なスタイルの宇宙船が、いやにひんぱんに、世界各地にあらわれるようになったと思ったら、全世界に経済変動がおこり出した。

なにしろ、あの宇宙船のあらわれ方は、あまりにひんぱんすぎた。——最初は円盤研究家が写真をとったとか、空軍機が追跡したとかいうニュースがはいっても、例によって例のごとく、半分は眉唾《まゆつば》だろうと、新聞社もとりあわなかったが、やがてそいつが世界各地の大都会上空といわず蛮地上空といわず、日に数回から、多い時に十数回もあらわれるようになり、台数も何十台という数にのぼるようになってから、人々も「他の天体の宇宙船」の存在を、うたがうことができなくなった。いや——うたがうどころか、その宇宙船の通過は、あっという間に、ごくありふれた日常的現象になってしまい、人々はすぐ、飛行機の通過ぐらいになれっこになって、ああ、今日もまたとんでいるなと思うぐらいで、気にもとめないようになってしまった。むろん、政府や科学者や、空軍関係では大さわぎをしたが、といって追いかけてもとても追いつけるものでもなし、こちらに直接の危害はくわえてこないので、ほうっておくよりしかたがなかった。

ちょうどそのころ、世界各地で、ダイヤモンド相場の大異変がおこった。

最初、道ばたや、ビルの屋上や、草むらに、キラキラ光る小さな石がたくさんおちているのが世界各地で見つけられ、それが正真正銘のダイヤの原鉱だということがわかって、大さわぎになった。――国際ダイヤモンド・シンジケートは、この事実を知った時、大恐慌におちいった。なにしろひろって、とどけ出られたものだけで、全世界のダイヤモンド年間産出量の数百倍もあったからである。きびしい価格維持制度をとっていたダイヤモンド・シンジケートにとっては、致命的といっていい打撃だった。――それが妙な宇宙船の通過と関係があるとわかったのは、しばらくしてからだった。宇宙船が、高度千メートル内外の低空でとんだあと、通過したコースの下には、必ずといっていいくらい、ダイヤがばらまかれていた。ダイヤモンド協会は、この事実をとらえ「宇宙からの」ダイヤは、協会としては宝石とみとめないと発表したが――しょせん、ダイヤはあくまでダイヤだった。相場維持のための買い漁《あさ》りもできないひまに、全世界のダイヤモンドは、あっという間につまらぬ石ころ同然になってしまった。協会のおえら方は、これこそ宇宙からの経済侵略であると絶叫し、ダイヤ市場の自衛のためミサイルで宇宙船をうちおとすとまでいったが、ヘタに手出しをすると、どうなるかわからないので、世論におされて泣きね入りした。――シンジケートは解散し、宝石商多数、宝石蒐集家《しゅうしゅうか》多数が自殺した。――それでもダイヤの雨はやまなかった。今では宇宙船通過後、散乱するダイヤが、タイヤをパンクさせるといけないので、ごみとり車が集めてまわり、東京だけで、毎日ダンプカー三十台分のダイヤをすてるありさまだった。すて場にこまって、砂利がわりにセメントにまぜたり、うめたてにつかったりした。

そのつぎは――金《きん》だった。

ダイヤにまじって、ほぼ同じぐらいの大きさの金塊が、宇宙船からバラまかれはじめた時、世界各国の経済がうけたショックは、ダイヤの場合以上だった。――各国は、やはり国際通貨に金本位制をとっており、金の保有高が、その国の為替レートを決定していたからだった。金相場の大暴落は、そのまま国際恐慌にまで発展するかとさえ思われた。――なにしろ、富める国、貧しい国を問わず、先進国、後進国の区別なく、毎日世界中で、何千トン何万トンという小金塊が、空からふりそそぐのだから話にならない。――それも、まじり気なし、純度百パーセントにちかい純金だ。

最初のうち、各国政府は大あわてで、金の回収をはかった。――だが、これも無益なことだった。トラックいっぱいの金塊の価格は、同じだけの砂利より安くなり、長い歴史をもつ世界の金本位制は、あえなくくずれさった。それにかわるものとして、なにをつかうか、各国は小田原評定《おだわらひょうじょう》をつづけた。

一方――地球の上をやたらととびまわる、得体の知れない他の星の宇宙船と、なんとか連絡をつけようと、世界中の科学者が協力して、必死に努力をつづけていた。

いったい彼らは、なんのために地球の上に金やダイヤモンドをバラまくのか？　恐慌をおこして、経済侵略でもやるつもりなのか？――それにしては、バラまくばかりで、いっこう侵略してきそうにない。

やがて学者の努力がみのり、宇宙船に乗った異星人と連絡がつき、おたがいの言葉が通じあえるようになった。国際金融機関代表は、さっそく、なぜ地球の上をあんなにうるさくとびまわって、ダイヤや金をまくのか、たずねた。

「いや、これはすみませんでした」異星人はいった。「もう少しこの星の文化が進んでいたら通知したはずなのですが――実は、今度この太陽系を横切って、私たちの宇宙船航路の新幹線ができまして、この星がちょうど、目標になるので、たくさんの宇宙船が通るようになったのです」

「その宇宙船が、なぜダイヤや金を地球にバラまくのです？」

「ダイヤといえば、炭素の結晶、金といえばやわらかくさびにくいだけで、危険はないと思いますが……」と相手はいいにくそうにいった。「しかし、これを宇宙空間ですてると、宇宙船のあとを追いかけてくるので、どうしてもこういう重力のある星の上を通過する時、すてて行くことになるのです」

「すてるですって？」地球代表は息をのんだ。「金やダイヤを？」

「はい――実はあの二種類の元素は、私たちの排泄物《はいせつぶつ》でして……」異星人はすまなそうにいった。「まもなくタンクつきの新型宇宙船ができますから、それまでごしんぼうください」

月よ、さらば

「役員室」と書かれた部屋の中で、十人の役員たちが、暗い顔つきで、だまってすわっていた。

役員室の机の上には、小さなインターフォンがあり、みんなの視線は、それにそそがれていた。——部屋の中の空気は息づまるように重苦しく、時おりだれかが、その重苦しさにたえかねたように、フゥと溜息《ためいき》をついた。

役員の一人は、いらいらと時計を見、たまりかねたように、インターフォンのボタンをおしてどなった。

「連絡はまだか？」

「まだです……」と、そっけない声がかえってくる。「きたら、すぐお知らせします」

「彼はずいぶん遠くまでいってるんだ」と一人の役員がつぶやいた。「つぎからつぎへと……彼も大変だが、一生けんめいやってくれてる」

「だが、オリオン物産の本社まではずいぶん遠いからな」

「白鳥商会でおさえることができたらよかったんだ」もう一人の役員が吐き出すようにいった。「ほんの一足ちがいだった。——なにしろ、あそこは長いとりひきだったから、まさかよそへまわすとは……」

「どこでも、この所、金づまりだからな」年配の役員は溜息まじりでいった。「特に、この区域はひどい。銀行に金がないんだから……」

「まったくの所、あちこちの倒産ぶりはひどいもんだ」別の役員が吐き出すようにいった。

「インフレだか、デフレだかわからん。――うちだって、金星商事の不渡りをつかまされなけりゃ、こんなにあわてなくともよかったんだ」

「しかし、金星商事ほどのしにせがなぜ、あんな不用意なことをしたんだろう？――内容だって、それほどわるくなかったのに……」

「おさだまりの、設備投資のやりすぎだよ」と銀行側の委員がいった。「系列企業を手いっぱいめんどうみて、その融資焦げつきが……」

とつぜんブザーが鳴った。十人の役員は、はじかれたようにとびあがった。

「連絡がはいりました！」とインターフォンの声がいった。「おつなぎします」

十人の役員は、ひしめきあって、インターフォンの前につめかけた。――ひどい雑音がはいり、長距離らしい、かすかな、ゆがんだ声がきこえた。

「役員室ですか？」

「どうだった？」代表らしい役員は、ふるえる声でいった。「オリオン物産と話し合いはついたか？――ずいぶんおそかったが……」

「それが……」むこうの声は、遠くなったり、近くなったりした。「むこうの代表が、よそへ出かけていて……つかまえるのに手まどって……」

「それで、話し合いはどうなった?」

「だめです。会長……」インターフォンの声は泣いているみたいだった。「むこうは……わざと話し合いをおくらせたみたいで……あげくの果て、こちらの買いもどし条件をうけいれなくて……」

「のこりの金は、一週間以内に必ず調達するといったか?」

「いいました——しかし、むこうは、どうやらギャラクシイ財閥が間にはいっているらしく……」

「ギャラクシイ財閥?」会長は顔色をかえた。「外貨だな?」

「そうです——もうすでに、交換にまわしたということです」

「しまった!」銀行代表役員が青くなった。「まさかオリオン物産にギャラクシイ財閥の手がはいっているとは……」

「やられたな……」会長は、うつろな声でつぶやいた。「それではいかなる防御もむだだ。——むこうは、こちらをつぶす気だ」

「白鳥商会にも、ひょっとしたら息がかかってたかも知れませんな」銀行側役員が、げっそりした声でいった。「私の方もうかつでした。——二か月前の不渡りを処理した時、もっと全力をあげて、手形回収にのり出せば……」

「いや、——銀行に責任はありません」と会長はいった。「銀行に金がないことは、わかっておったんですからな。——それに、こんどの不況と金づまりの根の深さに対して、私が見とおしをあやまっていたのがわるかった」

「連合政府の政策がいけないんです」年配の委員が憤然としていった。「この上は、政治的救済措置を……」

「そうも行きますまい」と別の委員がいった。「救済する気があったら、とっくに手をうっているはずです」

「不名誉なことだ!」一人が頭をかかえた。「まったく――伝統のあるこの組織を、――みんなにあわす顔がない」

「連合政府だって、むざむざ見捨てはせんでしょう」若い委員はいった。「といって、これは純然たる商談上の問題だから、表だっては介入できん。――管理と再建について、なんらかの手を……」

「いや、――政府はそれほどあてにできん」会長はつぶやいた。「われわれは全員、役員の座をおわれ――外資系の管理人がのりこんでくるだろうな。そうなれば……」

「お電話です」とインターフォンがいった。「連合銀行代表の方から……」

「諸君……」会長は室内を見わたした。「いよいよ、最後だ。――地球は破産した……」

星間商業規定により、信用取引停止、破産の宣告がくだると同時に、はるか遠い、銀河系中央部経済圏から、異星人財閥の債権者代表がのりこんできた。――破産状態にある、地球経済の再建管理は、異様な姿をして、悪臭をはなつ、ギャラクシイ財閥の連中の手にゆだねられた。――彼らは一部の地球資源を処分して、小口債権支払いにあて、あとは十年間タナ上げにした。処分資産として、月が競売に付されたのは、この時である。――この時以来、地球はあのなつかしく、美しい月を永遠に失い、地球のたった一つの衛星は、入札の結果遠いオリオン星座を根城にするオリオン物産の手におちて、宇宙遊覧星に改造され、現在も、観光客をのせて宇宙空間を、あちらこちらとまわっている――。二百年に一度、この遊覧星が地球をおとずれる時にだけ、短い期間、地球の人間は、古くなつかしい、地球の娘の姿を、中天にあおぐことができる。

星碁

「あたり！」

と先番はいった。

「おや！」と相手は体をのり出した。「これは手きびしい」

「待ちませんよ」

先番はうれしそうにいった。

「待ってくれとはいいませんよ」相手は、うたれた手をにらみながらつぶやいた。「待ってくれとはいいませんがね……こう行く、こうやる。こうのびると征《しちょう》のあたり、と……。ハネだして、ふりかわると……」

「お早く、お早く」

と先番はニヤニヤ笑いながらいう。

「いやいや……」と相手はいった。「そうは簡単に手を出せませんな。ここは一つ、長考一番……」

「それじゃ、まあ、せいぜいごゆっくり」と先番。

「みなさん……」

ガランとだだっぴろい、天文台のドームの下で黒いガウンを着た、顎《あご》ひげの学者が、子供たちにむかっていった。

「これからみなさんに、宇宙の神秘をお目にかけましょう。――そこにあるのは、三十インチ（約七十六センチ）の赤道儀です。これで宇宙をのぞいていただけば、この宇宙がいかに広大なものであるかおわかりになるでしょう。何十億光年のかなたにひろがる、何億兆もの星……」

子供たちはドームの天井を見あげた。

細長くひらいた天井から、つぶやくように輝く無数の星屑《ほしくず》が見えた。――あるものは白く、あるものは青く、あるものは赤く……。そのちらばりかたは、無秩序のように見えて、じっと見ていると、なにか神秘的な秩序にしたがってならんでいるように見える。

「先生……」と子供の一人がいった。「星ってどうやってうまれてくるんですか？」

「いい質問です」と老人はいった。「星は星間物質という、宇宙のこまかい塵《ちり》のようなものがあつまり、どんどんふくれあがると、それ自身の重みで、内部が燃え出すと考えられています。――もっともその星間物質――原子自身は、どうやってできたのか、まだわかりません」

「あのう……」別の女の子がきく。「星も、うまれたり死んだりするんですか？」

「そのとおりです」老人はうなずいた。「星は進化の道をたどり、大変な長い時間ののち、やがてほろびます。――大爆発によって消えうせたり、暗くひえきった小さな――だがおそろしく重い星になって、死んでいくのです」

「死んだでしょう」

と先番はいった。

「まだまだ……」と相手はいった。「こうやって、――攻めあいにもって行くさ」

「あッ！」と先番は叫んだ。「いっぱいくったな」

「さあこい」と相手はいきおいこんでいった。「攻めあいならまけないぞ」

石はたちまちもつれあいながら、のびていった。


「ここ数万年の宇宙の特徴的なことは……」とアルデバラン第三惑星植民地の天文台の中で、ロボット教師は無表情にいった。「宇宙の非常に遠いところで、星が大変ないきおいでふえていることです」

「ふえているって、なぜ？」背の高さ一メートル八十もある、子供たちがきいた。

「わかりません」とロボット教師はいった。「学者は、星のあたらしさからみて、ふえだしたのはせいぜいここ数万年の間だといっておりますが、その現象が発見されたのは、つい最近ですし、それまでは望遠鏡の性能がわるく、あんな遠くの星は見えませんでしたから……」

「ふえてるようすをみせてよ」

「こちらにうつします」とロボット教師はいった。「ふえるスピードがはやいといっても、これは何十年、何百年に一つのわりあいですから、微速度撮影になってます」

主体スクリーンの上に、はるかに遠い宇宙のはての部分がうつりだした。それはまるで、もくもくもりあがる煙のように、二種類の星——青い星と赤い星がからみあいながらのびていくのだ。

「ふしぎなことです」とロボット教師がいった。「人間の知恵がすすめばすすむほど、ますますわからないことがふえてきます」

「劫《こう》ですな」と先番がいった。「あたしゃどうもこのとったりとられたりがきらいで……」


人類はすでに、銀河系宇宙をとびだして、遠い星雲や島宇宙の間にひろがり、自分たちのうまれた地球の記憶さえ、あいまいになっていた。——そんなころ、細い、ムチのようにしなうアンドロメダ星雲系地球人の学者が、熱意のない調子で発表した。

「私は辺境宇宙で、奇妙な星を発見した」と学者はいった。「一種の三重食変光星かと思われるが——赤色巨星と青色巨星が接近してならび、数十年周期で、交互に明滅する」

「寄せですな」と先番はいった。

「そこはうち上げでしょう」と相手はいった。

満天に、昼をあざむくように、びっしりと星がならび、赤く、また青くかがやいていた。そして、見ているうちに、その一角の星がゴソッと消え、ぽっかり穴があいたように、なにもない暗黒の空間がのぞいた。

「宇宙の終りだよ」すっかり退化して、原始人みたいになってしまったかつての地球人の老人が、裸のまま地面にうずくまって、孫にいってきかせた。

「なぜ、星がきえるの？」と孫がきく。

「宇宙の終りの時は、空が星でいっぱいになって、それがはしから消えていく、とむかしのいいつたえにあるよ」

星は、切りとるようにゴソリと消えていく。それにつれて、老人と孫を照らす、赤と青の光も暗くなった。

宇宙は太初の暗黒にかえった。そこには星もなく、光もなく、なんの物質もなく、ただ茫々《ぼうぼう》たる虚無だけが果てしなくひろがっていた。

「もう一度しますか？」と先番の声がいった。

けだものたち

その小さな星は、地球の古い植民地の一つだったが、星間定期便のコースにはずれているため、三年に一度おとずれる、連絡宇宙船の乗員以外は、めったに足を印するものもなかった。――住民は、古い歴史をもった植民星にありがちな、がんこで、閉鎖的な人たちであり、地球政府や、よその植民星の助けをかりずにやってきた、という伝統的なほこりをもっていた。

たしかに、その星の文化は、他のどこの植民星ともちがった、独自なものがあった。――ちょっとやりきれなくなるほど、きめが細かく、すみずみまで手がゆきとどいた街は、それでもいかにもどっしりおちついた、伝統の風格があり、古風なよさがあった。――九年前、彼が訪れた時までは……。

しかし、いまは、ひどくちがっていた。――最初の時の、宇宙探訪記者としての身分ではなく、一介の旅行者として、この星のしっとりおちついていた生活の記憶にひかれて、再度訪問した彼は、見おぼえのある街の、なんとも異様な荒廃ぶりに、眼を見はった。

衛星軌道上の連絡宇宙船から、一人のりのフェリーロケットでおりて行く時、すでにその感じはあった。――そして、宇宙港におりたった時、これが九年前訪れた時と、同じ街か、と眼をうたがった。――美しい街路は、ほこりまみれで、人影はほとんどなく、垣根も植えこみも手入れされずに、草ぼうぼうだった。

かつて自信にみちていた人々の顔には、生気がなく、とげとげした疲労と、不安と、――憎悪の影さえあった。

「ようこそ……」

街の長老は、九年前の彼をおぼえていてくれて、たった一人でおりたった彼を迎えにきてくれた。

「ようきてくれた――だが、この星は、かわってしもうたろう？　どうじゃ？」

「正直いって……」と彼は、荒廃の影にみちた街を見まわしていった。「そう思いますね」

「とにかく家へきて休みなさい」長老は、そういって歩き出した。

あとをついていった彼は、長老の家が、昔とかわった所にうつっているのに気がついた。――かつて、街の美しい本通りの、どんづまりにあったのだが、その通りは、頑丈な鉄柵《てっさく》とバリケードでふさがれている。

「あれは？」と彼はバリケードをさした。――バリケードのむこうは、家並みはあるが、誰も住んでいない。――しかも、柵《さく》のむこうの家は、メチャメチャに破壊されている。

「やつらじゃ……」長老は、呪いをこめてつぶやいた。「けだものども、じゃ――やつらが、この星の生活を、むちゃくちゃにしてしまいおった」

その夜――。

長老の家にあつまった、数名の昔の顔なじみから、彼は、はじめてその話をきいた。

「正直いって……」と長老は、悲哀をこめて、つぶやいた。「やつらを、この星にいれたのが、まちがいじゃった。あの、のろわれたけだものどもを……」

「じゃ――」と彼はいった。「そのけだものは、この星に、もともと住んでいたものじゃなかったんですね？」

「もともとこの星で発生したものなら――」長老はうめいた。「この星の状態に、適応していたはずじゃ。長い時間かけて淘汰《とうた》され、この星の生活を、根底的に破壊するほど、暴威をふるうことはなかったろう。――いろんなものと、ちゃんと共存して行ったろう」

「なぜ、そんなものを、他の星から輸入したんです？」彼はきいた。

「最初は、のりものにつかうためだった」と町の老人の一人はいった。「それほど、たくさん輸入したわけじゃない。遠くに、新しい街ができて、その街との連絡用に、あの足の早い、丈夫なけだものをすこしばかり、輸入してきたんだ」

「たしかに、そいつは便利だった」と別の老人はいった。「すこし、大きすぎたが……」

「ところが――この野蛮なけだものどもが、少したつうちに、おそろしいいきおいで、ふえはじめたのじゃ」と長老はドンとテーブルをたたいた。「この星は気候もいい。住民は文化程度も高く、ひまも多かったので、そのけだものを、とてもかわいがり、丹念に世話した。女どもは、このけだものを、実用にではなく、愛玩用に、ほしがった」

「バカな女ども！」老人の一人は、吐きすてるようにいった。「あのけだものを、リボンや、人形や、モールでかざってよろこんでたんだ」

「ところが――このけだものには、原産地では知られていない、おそろしい性質があったのじゃ」と長老はいった。「原産地の、広大な星ではそれほどの意味をもっていなかったのが、この小さな、すみからすみまで手入れされた星では、恐ろしい意味をもった」

「やつらは――」と老人の一人がいった。「それにのっている人間の心をかえるんだ。やつらの深い所にもっている、たけだけしさ、人間を人間と思わない、けだものの心が、のっている人間にのりうつって、人間までが、けだものになっちまうんだ」

「けだものは、歩いている人間を、おそいはじめた――」長老はいった。「街を汚し、木や草花をへしおり、家までこわした。わしは、決心した。もう、これ以上、けだものをふやすな。けだものを、街にいれずに、それは街の外で使え、と……」

「ところが――」老人は歯がみした。「その時はもう精神的に、けだものの奴隷になってしまっている連中がいた。やつらはけだものを弁護した。けだもの自身にしてみれば、その盲目的な本能にしたがって、もっともっとふえたがっていた。この星いっぱいにふえて、わがもの顔にふるまい、今度は自分たちの方で、人間を召使いにつかってやろう、と……」

「で――けだものの奴隷になった人間は、けだものどもといっしょに、反逆した。わしら街の長老たちは、やつらの殺戮《さつりく》と破壊をくいとめるために、バリケードをつくって、街からしめ出した。――しかし、この街で出る、石油をのみに、けだものたちは時おりおそってくる」

「きたぞ！」外で声がした。「けだものたちだ！」

たちまちロケット砲の轟音《ごうおん》と、はげしい悲鳴がまきおこった。――老人たちはいっせいにとび出した。

あとをおって、戸口に出た彼は、この星の二つの月の月明りの中に、ランランと輝く目玉をむいてあれくるう、無数のけだもの――自動車と、街の人々との闘いを、呆然《ぼうぜん》として見つめていた。

調査にやってきた宇宙人の学者は、各地の調査がすすむにつれて、次第に深刻な表情になりはじめた。――遠い他星系の宇宙人の「深刻な表情」というのは、ちょっと想像がつきにくいだろうが、まあ、なれたものにはそれとわかるような表情なのである。

「どうでしょう?」宇宙人につきそった学者は、その深刻な顔つきを見て、ちょっと心配になってきいた。「私たちの星の生活は、なにか具合がわるい所があるでしょうか?」

「いや、別に――」宇宙人の学者は、あいまいな調子でいった。「別に――なかなか進んだ科学をもって、りっぱに生活しておられます」

首都にかえっての、報告会でも、盛大なレセプションの席上でも、その宇宙人の学者は、同じようなあいさつをした。――しかし、その言葉には、妙なしこりがあり、その表情は、いよいよ深刻だった。

レセプションが終って、ホテルにかえると、その宇宙人の学者は、急にけわしい顔つきになって、つきそいの学者にいった。

「実は重大な話があるのです。――こっそりホテルをぬけ出せませんか?」

「重大な話とは、どんな話ですか?」つきそいの学者は、はげしい不安にかられながらききかえした。「実は、今日のレセプションで、首相もあなたの表情に気づかれ、なにかあるのではないか、と心配しています。——なんなら、首相に直接お話しになりませんか？」

「いや、だめです。首相には絶対話したくない」宇宙人はつよくかぶりをふった。「ここには、身がわりのロボットをおきましょう。——とにかく、周辺県の、知事と話がしたい」

つきそいの学者は、わけがわからないままに、いわれた通り、こっそり車の手配をし、こっそり、首都周辺県の知事に、密談の手つづきをとった。

夜の国道を、エア・カーを走らせて、周辺県の知事官邸に行くと、そこには、夜中に何事ならんと、各県の知事たちが集っていた。

「みなさん——」宇宙人は切迫した声でいった。「この会議は、絶対に外部にもれないようにしてください。特にマスコミ、首都圏居住者、巨大都市居住者には、絶対にもらさないように……」

「なにごとですか？」と知事たちは、おどろいていった。「それにしても、私たちの所へわざわざ来ていただいて、光栄に存じます」

「そんないい方はよしてください。この国をすくえるのは、あなたたち以外にないんですから——」と宇宙人はいった。「私は——やがてこの星全体に警告を発しなければならないでしょうが、——特にこの国に、非常に重大な危険がさしせまっていることを、お告げしなければなりません」

「何でしょうか？」と、知事の一人は不安そうにきいた。

「それは——都市病の発生です」

「都市病？——」と一人がききかえした。「どんな病気ですか？　ウイルスによる伝染病ですか？」

「ちがいます。都市自身が、一つの文明の病気そのものになったような状態です」と宇宙人はいった。「それは、いわば——あなたたちの体にできる、ガンにたとえられます。ガンは、その本体は、生体の細胞と同じです。ただ異常増殖をはじめて、どんどんまわりの細胞をくいつぶし、毒素をまきちらし、ついには、同じ体の細胞自身が、もとの体を殺してしまいます」

「それはどういうことでしょう？」

「こうなる前に、あなたがたは、手をうっておくべきでした」宇宙人は悲しそうにいった。「都市は、ある段階までは、文明の華です。しかし、ある段階をこえて巨大化すると、文明そのものを食い殺す、おそろしい怪物に変化します」

「首都が——そうなったとおっしゃるんですか？」知事の一人は、眉《まゆ》をひそめていった。

「首都だけではありません。全国で四つ、そういう危険な、〝文明ガン〟の状態に突入した都市を見つけました」と宇宙人はいった。「つまり——あまり野放しの人口集中をつづけて、都市が巨大化しすぎると、都市自体のいろんな機能——交通や、環境衛生や、水道などがマヒしはじめる一方、過度の人口集中によって、人間そのものの性質がかわってくるのです。これは、セリエのストレス学説としてよく知られていますが——個々の動物には、その個体の生活に必要な空間のひろさに、最低限度というものがあって、それをこえて密度がふえてくると、はげしいノイローゼ状態になって、身体機能まで変化してきます」

「そういえば――」知事の一人は腕組みした。「首都の連中とは、このごろ、どうも話が通じん。むこうはこちらを、いなかものと思っとるんだろうが……」

「このような状態になった集団は、集団として非常に危険です。みんな非常にすれっからしのガリガリ亡者になり、目先の利益をおって、過度の生存闘争をやり――地方の純真な人間の流入を、このすれっからし化現象の方がおいぬくと、現象は外へむかって進軍しはじめます。――この現象が、全土にひろがってしまうと、その種族は、その大脳機能に固有のテンポでもって思考することができなくなり、ありとあらゆる犯罪が慢性化し、ともぐいから、集団自殺となって滅亡します――私たちの星では、小動物から知的生物まで、この現象を経験したのです」

「おそろしいことだ!」知事の一人が、ため息をついた。「たしかに、指摘されてみると、思いあたることがあります」

「なん度も申しあげたように、こうなる前に手をうつべきでした」と宇宙人はいった。「都市は――ある程度までは、知的活動のシンボルたり得ます。ありとあらゆる、前衛的なこころみもうまれますし、精神の自由の保証でもあります。しかし、人口が限度をこえてしまうと……」

「人口自体もふえすぎた」と知事がいった。

「そのふえた人口の三割以上が、数個の都市に密集している」

「どうしたらいいでしょう？」学者はきいた。

「その〝都市病〟を防ぐには……」

「いのちとりになるガンの蔓延《まんえん》をふせぐには、それをきりとるしかありません」と宇宙人はいった。「みなさん呼応して、首都をふくむ五つの都市を、いっせいに外から閉鎖し、上からふたをしてとじこめ、都市をひろがらないようにし、病巣を枯死させるのです」

「わかりました」知事の一人がふるえる声でいった。「われわれの種族が生きのこるためにやりましょう。ほかに方法はないのですね？」

「そう――この件に関しては、われわれの種族の方が、大分先輩です」宇宙人は、沈痛な顔でいった。「われわれもまた、われわれの星で、いくつもの由緒ある都市を、そうやって処分し、市民もろとも埋めてきました。――トウキョウや、ニューヨークなどという、なつかしい都市を……」

夏の行事

時刻がせまるにつれて、火星の夜の側に、家族づれの乗用車や、団体バスが、ぞくぞくと集ってきた。——中には、特別の宇宙船をしたてて、街ぐるみでおしかけてくる連中もいた。今年、うけいれ側にあたった都市では、ホテルや宿舎が、たちまち満員になった。——夜空をながめるドーム内の席は、大変なプレミアムがつき、火星中の、貸望遠鏡は、完全に底をついてしまった。

しかし、ドームから直接望遠鏡で、ながめることのできる人々は、数がすくなく、大部分の人たちは、火星中央放送局の、特別番組を、レストラン・シアターの、大アイドホール（投射型テレビ）の前にむらがったり、あるいはホテルや、家庭のテレビの前にあつまるのだった。

「今年は、雲がすくないようですな」と、テレビの前で、グラスをあげながら、人々は語りあった。

「いいあんばいだ。——これなら、はっきり見えるでしょう」

「今年は、大丈夫ですよ」と消息通らしい男がいった。「今年から、地球の気候調節省が、特別予算をたてて、天候調節をやるらしいから……」

「ヘエ！」と別の男が、おどろいたように叫んだ。「えらく大げさなことになりましたな。

――たかが、あれぐらいのことに、官庁が、予算をとるようになったとは!」

「そりゃ、あなた、これだけ評判になってくれればね」と消息通が答えた。「なにしろ、このごろでは、こんなに遠くはなれた、火星でさえ、このさわぎですからな」

「しかし、おかしなもんですな」月の観光旅館の、屋上ドームの中で、やせた男が、いった。「いったい、なんだってこんな妙なものが、これだけ評判になるんでしょう」

「わかりません……」別の、実業家らしい男が首をふった。「なにしろ、この時期になると、月の観光旅館は、満員だし――」

「満員どころか、三年ぐらい前から、予約しないと、いい場所がとれませんよ」やせた男はいった。「この時期になると地球は、からっぽになっちまいますよ」

　ドームの外では、地球からの、観光用宇宙船が、ぞくぞく着陸してくるのが見えた。月の孫衛星軌道、地球の衛星軌道にも、この景観を見ようとする人たちが、無数の宇宙船をとばしている。

「なにしろ、あれをながめるには、なんといっても、月の上が、一等地ですからな」と実業家がいった。「それに、もともと、あれは、月からながめるために、はじめられたものですから……」

「へえ!　そうですか」やせた男はいった。「それは知らなかった」

「あなた、この催しの起源を知らないんですか?」と実業家はいった。

「よく知らないんです」とやせた男はいった。「なにか、うしなわれた民族信仰と関係があるとか……」

「そうです」と実業家はうなずいた。「仏教に関係のある行事でしてね——もとはといえば、あの沈んだ国の……」

「ああ、思い出しました！」とやせた男はいった。「日本民族の、行事だったんですね」

「その通り——」と実業家はいった。「日本列島が、まだ海の底に沈んでしまう前に、あの民族がもっていた、古い、宗教行事の一つでした。すでに、そのころ、相当世界的に有名になっていたんです」

「すると、この行事を、現在のような形にしたのも、やはり最初は日本人たちだったんですか？」

「そうです——彼らは、日本列島が沈んでから、世界の中に、安住の地を求めることができず、大部分、フロンティア時代の、宇宙にとび出しました。——特に、この、月の上の、〝新日本市〟は、彼らの宇宙前進基地になりました」

「彼らの功績は偉大だった」やせた男はちょっと眼を伏せた。「だが、同時に、犠牲も大きかった」

「その通り。彼らは、今では大部分、ほろんでしまいました」実業家も、ちょっとしめった声でいった。「しかし、この〝新日本市〟の連中は、死んでいった同胞の霊をとむらうため、一年に一度だけ、地球を、彼らの古い伝統的宗教行事につかう許可を、辛抱強くもとめ、半世紀ほど前から、許可されたのです」

「すると、これは、彼らの宗教行事だった……」やせた男はいった。「それが、現在では、全地球連邦の、呼びもの行事になったわけですな」

「とにかく、眼につきますからな……」実業家は笑った。「面白いことを、考えたものだ。――千年のむかし、まだあの、ささやかな日本列島が、波の上にあった時、あの行事をはじめて考え出した連中は、まさか千年ものちになって、自分たちの郷土の行事が、こんなに大がかりなものになるとは、夢にも思わなかったでしょうな」

「まったくですな……」やせた男はドームの上にかかる、巨大な地球の姿に眼をはせた。「これを見れば、ひろい宇宙空間にちらばっている、開拓者たちの霊も、またこれを目標にして、かえってくるかも知れませんな」

「さて――そろそろ時間ですな」実業家は、時計をながめていった。「今年は、太平洋がつかわれるようですな」

時刻がきた。

月と、火星に、その夜の面――太平洋をむけている地球の上で、中央管制塔から合図の声があがった。

「ファイア！」

その瞬間――太平洋上に、点々と配置された、巨大な筏《いかだ》の上の燃料に、いっせいに火がつけられ、ほのぐらい地球の上全体にわたって、巨大な「大」の字が、炎々ともえあがった。

順送り

やつらは、まるで獣でも追いたてるように追いたてた。――理不尽な理屈をつけ、圧倒的に優勢な、武器をかさにきて……。

些細《ささい》なことを種に、やつらは攻撃をはじめてきた。やつらのいいなりになる行政官が、選挙で負けそうになった時、やつらは、陰謀のうたがいがあるといって、対立候補をどこかへつれさってしまった。

――このままほうっておいては、希望がなくなる、そう思った連中が、勇敢な抵抗をはじめた。人間として、くさり切って、やつらの手先になりさがってしまっていた、もとの行政官の家を襲撃して、爆破したのだ。それも、こちらは、行政官の家族や、使用人は、ちゃんと外へひっぱり出して、命を助けてやっての上のことだった。

やつらに媚《こび》を売り、やつらのいいなりになって、同胞を殺し、同胞を牢獄《ろうごく》にぶちこみ、同胞を塗炭の苦しみにあわせ、同胞をしぼりとる助けをして、そのおこぼれできずき上げた、豪勢な、全自動式の行政官私邸がぶちこわされたといって、それがどうだというのだろう？　同胞を何千万とぶち殺した男とその家族の命を助けてやったのだから、彼らが金メッキのエア・カーをこわされたため、やつらの地区まで、何キロも歩かなければならなかったといって、それがどうだというのだ？

だのに——やつらは、それを口実に、攻撃をはじめた。おそろしい武器をつかって、はるか高空から、まるで虫けらでも殺すみたいに、殺戮《さつりく》をはじめた。——むろん、こちらも、反撃に出た。といって、こちらは、大した武器もなく、正面から闘えば、勝ち目はないにきまっていたから、こっそり不意打ちをくわすほかなかった。光線銃や、ダイナマイトや、時にはやつらからうばった武器で、時にはナイフや素手までつかって、夜に乗じ、不意をおそい、背後からとびかかって、やつらを何千人と殺した。——もうだまっているわけに行かなくなったのだ。こちらは、このさわぎが、外部にきこえて、すくなくとも、やつらのやり方に、ほとんどの人間が不満なのだ、ということがつたわることを期待していたのだ。

だが、そいつはひどく長くかかりそうだった。——いくつかの、外部の大勢力は、このやり方を非難しながら、全面戦争になることを恐れて、手を出さなかった。やつらは、そのことを、はっきり知っていて、たくみにとりひきの材料にした。そうしているうちに、やつらは、援軍をよびよせた。——そいつは、まっさきに、アメリカを——北米大陸を、焦土にした。ここは、一番果敢な、ゲリラ活動があったところだからだ。連邦政府は、ユーラシア大陸を中立地帯にしていたが、義勇軍がアメリカ大陸の抵抗に参加している、という、ふたしかな情報を口実に、やつらは、中立地帯の攻撃をはじめた。補給路と見なされていたアリューシャン陸橋が破壊され、北米大陸は、ユーラシア大陸から孤立した。あまりに、理不尽な、攻撃のしかたに、中立地帯は、ついに抗戦の体勢をとった。——外部勢力の仲介や介入を待っていられなかったのだ。

　こうして、ほとんど戦争にちかい状態に、全世界が突入した。――やつらは、いってみれば、それを待っていたのだ。のみならず、彼らにとって、最大のライバルである、アルファ・ケンタウリ系の勢力が、全面的に介入してこない前に、ここをかたづけておきたかったのだろう。やつらの攻撃は、連日連夜、中立地帯におよび出した。――残念ながら、制宙権は、やつらがもっていた。やつらは人工衛星軌道を時速数万キロで自由にとびまわりながら、数百キロから、数千キロの高度から、火の雨をふらせた。

　地上では、果敢な、抵抗がつづけられていた。しかし、協同体制は、かならずしもうまくいっていなかった。――ある国は、和解をのぞみ、ある国はうらぎった。

　そしてついに、やつらは、宇宙法で禁止されている、放射性物質の撒布《さんぷ》をはじめ、エリダヌス系宇宙座の、おそろしい融解病細菌さえまきちらしはじめた。――自分たちは、はるか安全な超高空にいながら……。星間査察機構に訴えようにも、地球周辺は、やつらの宇宙艇にとりまかれ、通信は妨害されていた。地上では、相かわらず、勇敢な抵抗が、つづけられていたが、やつらの攻撃は、次第次第に、その露骨な本性をあらわしはじめていた。

　すなわち、やつらは、地球人のことを、同じ銀河系第三枝にすむ、やつらと同じ高等知的生命体とは見なしておらず、地球人類を、まるで汚らしい獣や、他の星系にはびこる害虫のように、腹の底では思っていることが――。やつら、エリダヌス4番星の連中にとっては、地球人の死など、まるでよそごとみたいにしか思えないことが――。

こうして、ついに、おためごかしの友好の仮面をかなぐりすて、やつらは大っぴらに殺戮を始めた。耐放射線耐菌服を着た、やつらの地上部隊が、降下してきて、血に飢えた獣のような、水陸空地底兼用の、巨大な地上戦艦を先頭に、中性子兵器を遠距離からぶちこみ、上空を円盤型宇宙艇に援護されながら、じりじりとユーラシア大陸を、掃蕩《そうとう》しはじめた。中央部から周辺部へと……。街が数かぎりなく破壊され、やきはらわれ、一般人も、数多く殺された。――生かしておかれた連中は、奴隷的境遇につきおとされた。やつらにしてみれば、みな殺しにしたところで、いたくもかゆくもないのだった。

ヨーロッパから、東南部へ追われたジョーは、小部隊とともに、次第においたてられ、やがて熱帯のジャングルの中に逃げこんだ。――ここでもやつらは、ジャングルを上空からやきはらい、沼沢地をこおらせ、ジャングルの木を、一本のこらず枯らして、徹底的においたてた。――ついに部隊はチリヂリになり、ジョーは、やつらにおわれて、たった一人になった。ジャングルをにげまわり、もう最後かと思われる時、洞窟《どうくつ》を見つけて、中にとびこんだ。――中に誰かいる気配がした。

「助けてくれ!」ジョーは叫んだ。「やつら、追いたてている。まるで獣みたいに殺すんだ。地球人を殺すのを、何とも思ってない」

「あんたどこの国の人だね?」

うつろな声が暗がりの奥からした。

「おれ、ジョー——アメリカ人だ」

「アメリカ人か……」かすかな笑い声が洞窟の中にいくつもこだました。「むかしは、あんたたちが、そうやって、そっくりそのままに、おれたちを追いたてた。あんたたちだって、腹の底では、おれたちを虫ケラぐらいに思ってた」

「むかしのことなどいってる場合じゃない」ジョーはいった。「ぬけ道はないか？」

「ないね……」と声はいった。「それに、われわれは、もうずっと前——東南アジア戦争の時に、あんたたちの祖先に殺されているんだからね。もうじきあんたも、われわれの仲間入りするだろう。そうしたら、いっしょに、ゆっくり、地球人の殺しあい、歴史を考えなおそうじゃないか」

ある生き物の記録

その生物が出現するまでは、長い前段階があった。

その生き物の、強固な有機体をつくりあげている、一つ一つの細胞が、かつてはバラバラに生き、勝手に動いていた。──その生物が出現する少し前には、たくさんの細胞は、いくつもの大集団をつくって、自然の条件に押され、食物をもとめて移動するようになっていた。だが、ある時、その集団の一つが、非常に生活に有利な場所に定着をはじめた。

この固定によって、個々の細胞の、単なる集団という段階を脱して、まったく新しい次元の多細胞生物──その生物が発生するきっかけがうまれた。

そこでは、細胞自体の新陳代謝機構が、かわってきた。──新しくうまれた生物は、その前身である単細胞生物とちがって、食物をあちこちもとめて、移動することなく、主な食物を、土壌の中にもとめ、さらに周辺に触手をのばして、食物をもとめた。

そのうちに、新しくうまれた生物は、自分の体のまわりに、うすい殻を分泌した。──殻は次第にぶあつくなり、その中で、外界のきびしさからまもられた細胞は、いろんな方向に分化しはじめた。──ある細胞は血管を形づくり、ある細胞は、栄養運搬の専門となった。ある細胞は骨格を、ある細胞は筋肉、ある細胞は、情報伝達の、神経になっていった。

神経細胞が集中して、中枢組織ができた時、その生物には、ぼんやりした意識がうまれた。——彼は、自分のまわりを見まわし、もっと領土を拡大したい、という漠然たる衝動によって、四方八方に「根」や触手をのばしていった。生物自身も、その高度化された組織を利用して、まだバラバラの単細胞段階にある、ほかの生物をぐんぐん圧迫し、どんどんふくれ上った。——ふくれ上るにつれて、最初つくった殻が小さくなり、生物の体は殻をおしつぶして、さらにその外側に、巨大な殻をつくりあげた。

やがて、その生物は、はるか遠くからつたわってくる、一つの信号に気づいた。——ためしに、こちらからも信号をかえしてみると、応答がかえってきた。

こうして、その生物は、自分のような、高度に組織された生物が、ほかにもいることに気がついた。——定着し、高度化し、巨大化しはじめたのは、自分だけではなかったらしい。

「やあ……」と生物は、もう一つの生物に、あいさつをおくった。

「やあ……」と返事がかえってきた。

「そっちはどうだい？」

「まあまあさ」

二つの生物は、仲間を発見した、というなつかしさと、どんなやつかわからないという警戒をこめて、お互いに相手をさぐりあった。——一方が他方より、わずかに大きかった。

（おれの方が大きい……）と一方は思った。

(おれの方も、もう少しひろげなきゃ……)

拡大し、成長しあう間に、二つの生物の領域はぶつかり、ちょっともつれあった。――だが、そのうち、突然二つの生物は、巨大な敵に攻撃されはじめた。

その「敵」は、例の単細胞生物の集団が、おどろくべき大集団に発達し、大変な移動速度と、おそろしい攻撃力を身につけて、食物をもとめて嵐のような移動をはじめたものだった。――二つの生物は、この異様な大集団の通過によって、さんざんの眼にあった。殻は破壊され、組織はボロボロにかじりとられた。――しかし、完全に、その連中に破壊され、食いつくされるまでにはいたらなかった。

「ひどい目にあったな」と一方の生物は、必死になって、組織の再建につとめながら、声をかけた。

「ひどくやられた」もう一方の生物は、息もたえだえにこたえた。

「おれたちは、いっしょに殻をつくろう」ともう一つの生物はいった。「そして、共同で、あの連中をふせぐんだ」

合同して一つになった生物は、いままでより、いっそう外部にむかって、いかめしく、かたい殻をつくった。

やがて、攻撃的な集団の発生はひんぴんとなった。――一方、同じような、定着生物もあちこちに発生した。集団細胞が大移動をする度に、定着生物がたくさんほろびた。――だが、定着生物の殻の中にはいりこんだ、単細胞集団は、次第に移動性をうしない、それ自体が、定着生物にかわっていった。――定着生物の進化がすすみ、新陳代謝率がたかまるにつれ、定着化する生物がふえてきた。こうして、その星の上には、あちこちに、定着生物の集団ができ、ある所では集団が組織され、ある所では定着生物同士がはげしい争いをやった。

長い年月がたち、定着生物自体も古び、お互いの領土も大体きまって、おちついてきた。にもかかわらず一方では、巨大化した生物同士の間にはげしい食いあいがつづいていた。定着生物の中では、何億何兆という細胞が死に、また新しい細胞がうまれてきた。内部のメカニズムの進化も、絶頂にまですすんだが、もう限度にまで来ており、ある生物は、新陳代謝を維持できず、内部崩壊をはじめていた。また新しい紀元がうまれようとしていた。

定着生物同士は、もっと新しい組織を、お互いの協力でうみ出そうと、相互の神経をつなぎあわせかけていた。――そうすれば、全部の生物がよりあつまって、また一つの、巨大な生物がうまれる可能性がある。

だがその時、生物の上全体に、一つの声のない警報が鳴りわたった。

「なんだ？」と一つの生物がはげしくきいた。

「争っている生物同士が……」とふるえる声がかえってきた。

その時、あらそっている生物同士が、相手をたおすために、相互に吐き出した大量の、はげしい毒素が、その星全体の上に、おおいかぶさってきた。

＊

数万年たって、この星をおとずれた、他の星の生物たちは、地表いたるところにちらばった、かつてのこの星の、支配生物の「殻」を見出《みいだ》すのだった。「きっと、サンゴのように、共同骨格をつくっていたにちがいない」

「この星の生物は……」と他星の生物はつぶやいた。

彼等の前には、かつて数十億の細胞の生きていた、無数の穴のあいた、石灰質の共同骨格——東京や、ニューヨークや、ロンドンなどの都市の廃墟《はいきょ》が、横たわっていた。

子供の神さま

夜になっても、おとなたちは、かえってこなかった。――子供たちは、森の中で、さむさにふるえながら待ちつづけた。焚火《たきび》の焰《ほのお》は、風のために、消えがちになったが、子供たちの中の、一番年かさの子でも、火をはなれて、新しい燃料をとりに行く勇気はなかった。もえやすい木は、森の中にわずかしかのこっていなかった。鬱蒼《うっそう》と暗い森の大樹のほとんどは、あれのあと、突然変異によって巨大化してきた、水気の多い、もえにくい、すぎなや木賊《とくさ》の類《たぐい》だった。

凍てつくような夜があけ、ひもじさに、一番年の行かない、女の子が泣きはじめたが、おとなたちは、まだかえってこなかった。――子供たちは、それでもまだ、いわれた場所を動かず待ちつづけた。――夜の脅威である、体長二メートルもある、残忍な剣歯ネズミにかわって、昼の脅威である、赤ン坊ほどの大きさの、吸血ゼミの姿が、樹間に舞いはじめた。子供たちはしかたなしに、森の外へ出た。――血を吸うセミは、森の外までは追ってこない。森の外の、赤茶けた草原で、子供たちは、なおも、おとなたちのかえりをまちわびた。――太陽が宙天にかかり、のどがひりひりするほどかわいてきた。みんなは、食べすぎると死ぬ、蔓草《つるくさ》の苦ずっぱい実をかんで、待った。年上の子二人が、草原をこえて、おとなたちをさがしに行った。やがて、ほこりまみれになり、体中にひっかき傷をこさえ、足を血まみれにして、二人の子供はかえってきた。「どこにも見えない」と最年長の子は、眼をギラギラ光らせながらいった。「おとなたちは、おれたちを、すてて行った」

「そんな！」と待っていた子の一人が叫んだ。「なぜ、そんなことを……」

「おれたち、足手まといだからだ」最年長の子が、かわいた声でいった。「おとなたちは、食物をさがしに遠くへ行っておるといっていた。──おれたちをつれていると、むこうへつくまで、時間がかかって、みんな死ぬかも知れない。ネズミがおそってきた時、おれたちをまもるために、おとなが二人死んだ」

「すてて行かないよ！」一番ちいさな女の子が泣きそうな声でいった。「おっかさんは、私を、すてていかないよ！」

最年長の子は、だまって、背後にかくしたものを出した。──木の葉をつづりあわせたものにくるまれた、小さな、赤ン坊の死体だった。きのう、母親の一人がつれていったものだった。

「赤ン坊、もっとすててあった。ネズミに食われていたのもいた」と最年長の子がいった。

「なぜ、おれたち……」一人の子がワッと泣き出した。「おれたち、ちいさい。力、よわい。けもの、ふせげない。食物とれない。どうやって……」

「おれたちだけで生きる！」最年長の子は、固い木をとがらしてつくった槍《やり》をふりまわして叫んだ。「食物、さがそう。――おれたちをすてて行ったおとな、見つけたら、殺してやるぞ！」

髪はぼうぼうで、草の葉をつづったものや、ボロボロの獣衣をまとい、シラミだらけでやせこけた子供たちは、おとなたちのあとをおって、南へむかった。――敵意にみちた自然は、一週間たたぬうちに、彼らの中の、二人の命をうばった。一人は飢えで、腹が太鼓のようにふくれて死に、一人は夜の間に剣歯ネズミの鋭い牙《きば》をうちこまれて……。子供たちは、それでも、歩きつづけて行った。

やがて、一面草のおいしげった丘の上に、彼らは、奇妙に白い岩石が、いくつもかさなっている場所を見つけた。

「あそこで休もう」と最年長の子がいった。――一行の一人が、毒草のトゲがささって苦しがっていた。「おれたち、おとなみたいに仲間をすてないぞ」

その岩のかさなった所で、子供たちは、なんとなく異様な感じにおそわれた。

「むかし――人がつくった……」最年長の子は、かしこげにいった。「そうにちがいない」

それが、かつて「都市」とよばれていたものの残骸《ざんがい》の一部であることを、彼らが知るはずもなかった。――すでに風化し、苔《こけ》むした「岩石」のあるものの表面が、むごたらしくやけただれていることも……。

「変なもの、ある！」と一人の子が叫んだ。

みんながあつまった。——それは、とけたガラスの中にとじこめられた、ふしぎな絵だった。

「すきとおった石、わってみろ」と最年長の子がいった。——ガラスがわれると、小さな変色した絵のついた、長方形の紙が出てきた。

「人間の形だ！」一人がびっくりしたように叫んだ。「これはだれだろう？」

「神ちゃまよ！」と一番小さな女の子が叫んだ。「私たちを、たすけてくれるのよ、おっかさんがいってた」

たしかに、神といっていいほどの、ととのった顔で、そのスマートで肩幅のひろい人物は、腰に手をあててわらっていた。——女の子は、その絵を手にとった。

「これ、なんだ？」

一人の子が、その絵の下にたまった、茶色の、粘土のような塊りに手をのばした。——獣のように鋭敏な嗅覚《きゆうかく》が、その甘い香りをとらえた。——汚れた爪が、そのはしをけずりとった。

「甘いぞ！」その子は、きちがいのように叫んだ。「花の蜜《みつ》より甘い！」

みんなの眼が、ギラッと光った。——突然一人が、その塊りを持つ子をつきとばし、塊りをうばって、脱兎《だつと》のように逃げた。——最年長の子の爪が、背の皮膚の一部をむしりとった。たちまち、子供たちは、逃げた子を追い、石と、棒と、槍をふるって、血みどろのうばいあいがはじまった。

「神ちゃま……」一番小さい女の子は、一人のこって、その絵姿にむかってささやいた。「私たちを、おっかちゃんの所へつれてってください。ひもじいのをたすけてください」

丘の上の死闘はしずまり、血のにおいが流れてきた。とけたガラスにとじこめられ、その輪郭が奇蹟《きせき》的にのこった絵姿は――百年前、まだ核兵器によって、世界も自然も変えられないころには、商売上手の企業の手によって、巷《ちまた》にあふれ、そのころの子供たちが飽満して、見むきもしなくなりかけていた、キャラメルの商標である。全能のスーパーマンは、眼の前に展開された、子供たちの争いも死も知らぬげに、ほほえんでいた。

昔の義理

患者は、まだ若いらしく、どこもかしこも、ピカピカにみがきたててあった。スタイルも新しい。

「どこの具合がわるいんですか？」と、予備検査係りはきいた。「原因がよくわからないんですが、腹の具合がわるくって……」

「ええ、実は――」と患者は、くぐもった声でいった。

「ああ、そう――」予備検査係りは、カードに、パンチをいれて、患者にわたした。

「じゃ、これをもって、次の部屋へ行ってください」

次の部屋へ行くと、中年スタイルの医師が患者をむかえた。――オールドタイマーほどの貫禄《かんろく》もなく、若者らしい、スタイルのフレッシュさもなかったが、どこを見ても、堅牢《けんろう》そうで、かえって実用的な信頼感をあたえる。

「どうぞ――」中年の医師は、カードをうけとりながら、眼の前のベッドをさした。「そこに横になってください」

「腹具合がおかしい上に、全体に気分が悪いんです」と患者はうったえた。

カードをながめた医師は、二つ三つ、患者に質問して、それからブザーをおした。

「脳波をしらべてみましょう」と医師はいった。「圧力系が全般的に上っているようですな。――伝導系も、少しおかしい」

　頑丈な看護婦が、機械をおしてあらわれた。医師は、機械から、コードをひっぱりだすと、尖端《せんたん》のジャックを、患者の耳の後についている、小さなソケットにつっこんだ。

「ああ――」機械のメーターと、オシログラフをよみながら医師はいった。「やっぱり、思ったとおりだ」

　それから、医師は、看護婦をふりかえった。

「手術室は、どこかあいているかね？」

「オーバーホール場は、いま、架台がみんなふさがってます。――一時間後にあきますが――」

「簡単な手術だから、オーバーホール場でなくてもいい。第三修理室は？」

「あいてます」

「じゃ、そこにしよう」

「手術するんですか？」と、患者は不安そうにきいた。「どこが悪いんです？」

「簡単な手術です。アッペ――むかし風にいえば、盲腸炎ですかな」と医師はいった。

「すぐすみます。一度とっておけば、あとは何の障害もおこりませんよ」

　用意ができました、と看護婦が知らせてくると、命令をきいた、車付寝台は、患者をのせたまま、自分でゴロゴロと第三修理室へはいっていった。――中は、機械油とオゾンのにおいがして、変圧器類がブウンとうなっている。

「では、あなたのマスターキーを、拝借します」医師は手を出した。「大丈夫です。私の腕を信頼してください」

患者の首につるしたマスターキーをうけとると、医師は、みぞおちの所にあるキーホールにつっこんで、電源を切った。――同じキーで、腹部の錠をあけると、ポッカリひらいた腹腔《ふくこう》から、むっと熱気がたちのぼった。

「ネジまわし……」と医師はいった。――皿の上に、四つのビスが、カラカラと、小さな音をたててころがった。

「モンキーレンチ……」と医師はいった。「――ペンチ……ヤットコ……カッター……」

息づまるような雰囲気の中で、パチン、パチンと、蜘蛛《くも》の巣のような電線が切断された。

――バルブをしめ、金ノコでパイプを切ると、医師は、手をつっこんで、ソロソロと円筒形の容器をとり出し、ネジこみになったキップをはずして、うなずいた。

「よし、――ハンダづけの用意……」と医師はいった。「トーチランプ……ハンダごて……」

手術がすんで、腹腔をとじ、マスターキーで、電源をいれて、一切がもとどおり動き出すと、医師は、ホッとしたように肩をおとした。――患者はパッチリ眼をあけた。

「すみましたよ」と医師はいって、傍のバットをさした。「あれが、あなたの病気の原因です」

バットの中には、さっきの円筒形容器の中から出された、ドロリとした液体の中の、小さな、ピンク色のソーセージのような塊りをさした。――小さな突起が四つある。

「なんですか、あれは？」患者はきいた。「あんなものが、ぼくの腹の中にあったんですか？」

「誰でも、大がいもってますよ」と医師はいった。「あれがまあ――生物学的にいうと、死んだために、あなたの体内の、伝導系と循環系のバランスがくずれたんです」

「あれはいったい、何の役に立つんです？」

「別に何の役にもたちません」

「じゃ、どうして、あんなものをくっつけとくんです」

「まあ、昔の義理でね――」医師は手に油をさしながらいった。「昔は非常に役立ったと――いうよりは、われわれの恩人でしたからね。めいめい、やしなってやっているんです。単なる習慣の問題です」

「昔の義理……」患者は妙な顔をした。「どんな義理があるんです？」

「あの妙なものも、あんなに退化する前は、とても堂々とした存在でした。われわれは、――信じたくないが、学者の説では――あの妙な存在の、補助的な附随器官として、うまれてきた、というんです」

「信じられんな」若い患者は首をふった。「すると、今の関係は逆だったんですか？」

「逆ということはありません。われわれは、別に、あれに寄生していたわけではなく、あれを助けてきたんです。――ですが、最初のうちは、やっぱり、あれの力がないと、われわれは、ふえることも、生きつづけることもできなかったそうです」

「でも、今は、われわれは、ちゃんと自分で自分たちの種族をふやすことができる……」

「次第にそうなったのです」医師はいった。「進化の法則にしたがって、われわれが発達するにしたがって、彼らは、生きるための努力をわれわれにゆだね、次第に自分たち自身は退化していった。——こうして、彼らは、われわれの体内に寄生して、やしなってもらうようになり、われわれにとっては、何の役にもたたない、厄介ものになったんです」

「これの本当の名前は、なんというんですか?」と患者はいった。「盲腸というんですか?」

「本当の名前は……」とロボットの医師は、ドアをあけながらいった。「人間といいます」

事　故

「おかしいな」

と若い、新入りのアルバイトがいった。

「なにが？」

と、これも若い、ついこの間アルバイトから昇格したばかりの助手が、雑誌をよみながら、気のない声でいった。

「メーターの針を見てください」とアルバイトはいった。「ずいぶん、変なふれ方をしています」

「そのメーター、ちょいちょいくるうんだ」助手は、むこうをむいたまま答えた。「もう古いんだ。ボロだからな――毎年、予算の時に、新規購入を要求するんだけど、毎年けずられちまうんだ」

「そうですか」とアルバイトは、まだちょっと不安ののこる声で、つぶやいた。「そういえば、みんな古い機械ばかりですね」

「オンボロだよ」助手は、吐きすてるようにいった。「研究所になんか、雀の涙しか、予算をまわしてくれないんだ。おれなんか、アルバイト時代には、一晩中、ハンダづけと、配線故障の修理に、おいまわされたもんだぜ」

「バルブのパッキンもかえなきゃいけませんね」

アルバイトは、古めかしい装置をながめながらいった。――ブウンとうなる音、シューシュー何か洩《も》れる音、ポタン、ポタンと滴のたれる音、妙なガスの臭い……。

「おれたちがいっても、どうにもならないさ」助手は、雑誌をおいて、のびをしながらいった。「ねむいなあ――何かゲームでもやるか」

「見はってなくて、いいんですか？」アルバイトはきいた。「宿直は……」

「いいんだよ」と助手はいった。「大したことはないさ――さあ、ねむけざましに、一丁こい」


その年は、気候不順で、三月末に、大雪がふり、四月になって氷がはり、五月半ばに霜がおりた。――かと思うと、五月に、気温三十五度という真夏のような暑い日が、記録された。

「妙な天気ですな」と人々はいった。

「今年は凶作ですよ」と、もう一人は、声をひそめていった。「すこし、食料品を、買いしめておいた方がいい」

だが、都会化した人々は、気候など、大して気にとめていなかった。――六月が空梅雨で、カンカン照りの日がつづき、大都会は、渇水さわぎに見まわれたが、人々は自然のせいにするより、為政者の無能を責めた。たしかに為政者の無能もあったが――しかし、七、八月におそろしい長雨がつづいたことまでは、彼らの責任ではなかろう。眼に見えない変化は、気圧の変動だった。九百ミリをわる、おどろくべき低気圧が、各地に発生し、大暴風雨もおこったが、それ以上に、地球上の平均気圧がさがってきたことが、学者たちには大問題だった。――なぜだか、理由はわからない。しかし、この慢性の低気圧が、人々の気分や健康に、大きな変化をあたえたことは、たしかだ。いらいらした気分、頭痛、肩こり、歯の痛み、生理不順、――交通事故や衝動的犯罪の数はぐんとふえ、野球場や、駅頭などの人ごみで、集団騒擾《そうじょう》事件も頻発した。世界各地で、国同士の小規模な軍事的衝突も、頻々とおこりだした。

しかし――人々は、まだ「気象」という巨視的なことと、日常生活の微視的なこととの深い所での関係に気がつかなかった。――交通事故がふえたのは、車がふえすぎたためだった。集団暴動は、モラルの低下のためだった。局地戦の頻発は、各国のエゴイズムの、バランスがくずれたからだった。

太陽の黒点異常、輻射《ふくしゃ》異常についての学者の報告は、新聞の学芸欄の片隅に出ただけで、すぐに忘れられた。――それよりも、プロ野球のペナントレースの、大番狂わせの方が、人々の強い関心をひいた。――大陸部における小動物の大移動現象も、株の暴落以上の興味をひかなかった。

中に慧眼《けいがん》の学者が、気象の変動と、歴史的大事件の関係を指摘し、大異変の到来を予言したが、興味本位にうけとられただけだった。

その年の夏は、秋分がすぎても、まだ炎暑がつづいた。南北両極の氷がとけ出した、という報告がはいった時、世界各地は、すでに大洪水に見まわれていた。――海面水位上昇により、その水は一向にひかなかった。多くの人々がおぼれ死に、人間の文明は、この災厄を防ぎ切れなかった。

高山をのこして、全世界が水没したのちも、太陽の輻射熱《ふくしゃねつ》は、さらに増加しつづけ、やがて、次第に海がひあがりはじめた。地球はぶあつい密雲におおわれ、摂氏三百度以上の過熱水蒸気の風がゴウゴウと吹きすさぶ地表では一切の生物が死にたえた。

人類の宇宙科学も、この災厄を切りぬける段階にはいたらず、すべては、枯死し、絶滅した。

「で、君たちは――」所長は、にがりきった顔でいった。「居眠りしてたんだね?」

助手とアルバイトの二人は、身をちぢめてうなだれた。

「しかし、この二人ばかりも責められません」研究主任は、培養タンクのそばで、とりなすようにいった。「なにぶん装置が古くてボロなので――警報装置も、故障しっぱなしですし……」

「わかっとる」所長は渋面をつくった。「こちらも何とかしたいとは思っとるんだ。――しかし、何とかなるまで、君たちが注意してくれなきゃこまるじゃないか」

所長は、培養タンクをのぞきこんだ――。まっくらなタンクの中に円い、培養基が見え、その表面は、過熱のためカラカラにかわいていた。

「サーモスタット（自動温度調節器）の故障は、特に注意しなければいかん」所長は助手にいった。「生物というものは、温度のわずかな差にも、敏感だからな。――せっかく長い時間をかけて、ここまで継代培養してきたのに、ちょっとの不注意でこんなことになる」

しかし、わかい二人があまりしょげているのを見て、ちょっと気の毒になったのか、所長は、少し顔色をやわらげた。

「まあ、できたことはしかたがない。今後注意してくれたまえ――培養タンクは、何百とあるんだから」

去りゆく

「お前で、最後だな」と巨大なものはいった。

「そうらしい……」微小なものは、息もたえだえにいった。

「できるだけ、長く生きていてくれ……」巨大なものは、心をこめていった。「せめて……少しでも長く……でないと、お前が行ってしまったら、私は本当に一人ぽっちになってしまう。語る相手もいなくなる」

「おれも、できるだけ、生きていたいよ」と微小なものはいった。「だけど、おれにどうなるわけでもない」

沈黙……。

凶暴な熱線や放射線は、じりじりと巨大なものの皮膚をやき、カサカサになったかさぶたが、またはげしい音をたててはじけとんだ――微小なものの、やっともぐりこんだ、深いひだの奥にも、そのひびきがつたわってきた。

「温度がまたあがった……」と微小なものは、うめいた。「圧力も……もうじき……もうじき……」

「しっかりしてくれ！」と巨大なものは叫んで、体をゆすった。「おい、しっかりするんだ」

「ああ……」微小なものは、やっと答えた。「大丈夫――まだ、もう少し大丈夫だ」

ふたたび沈黙……。空は吼《ほ》え、海は煮え、水蒸気は岩山を吹きとばす。

「おい……」と巨大なものは、声をかける。「まだ生きているのか?」

「生きている……」かすかな声がかえってくる。

「なにかしゃべれよ」巨大なものは、微小なものの体をゆさぶる。

「おれは……しゃべれない」微小なものは、かすかな声でいう。「お前……しゃべってくれ。なにかしゃべってくれ……さびしくてしょうがない」

「なにをしゃべれというんだ?」巨大なものは、悲しさに胸をおしつぶされそうになりながらききかえした。

「そうだな……」微小なものはとぎれとぎれにつぶやく。「昔の話がいい……どうやって、おれたちの仲間がうまれてきたか……その後、どうなったか……」

「そのことか――」巨大なものは、ちょっと息をつまらせた。――遠い昔を思い出すように、巨大なものは、しばらくだまっていた。

「話せよ」微小なものはいった。「話してくれよ」

「うん……」と巨大なものはいった。「あれは――ずいぶん昔だった。遠い遠い昔、ずっと前のことだったな。――そのころ、私も若かった。大変若くて――なにもわからず一人で叫び一人で充実して――そのうち、ふしぎなことに最初のお前たちの仲間が、ふいにうまれてきた」

「どうやって?」

「それがわからないんだ……」と巨大なものはつぶやいた。「いろんなものの、ある組み合わせによってだ。――偶然もあるだろうし、条件もよかった。そいつは――生まれたとたんに、私から独立し、自分で動いた。私は、とてもびっくりした」

「はじめて生まれた時、そいつは、どんなだった？」

「そうだな――そいつは、いってみれば、私のはじめて発した言葉のようなものだった」と巨大なものはいった。「つまり、それからあと、私はそれまでのように孤独ではなくなった。――それまでは自分が孤独だということさえ、気がつかなかったんだ。お前の仲間がうまれてから、はじめて、それまで自分が孤独だったということがわかった」

巨大なものは、微小なものをじっと見つめた。

「そういえば――ずっと大昔、はじめて生まれてきたお前の仲間は、今のお前にそっくりだったっけ」

「つづけてくれ……」と微小なものはいった。

「それから長い長い年月がたち、お前たちの仲間はふえ、種類もすごくふえ、いろんなものが出てきた。水の底をはいまわるもの、水の中を、すばやくチョロチョロと泳ぐ、はしっこいやつ。緑色をして、ずっと動かないやつ。――大きさも、今のお前の、何億倍というのが出てきた。長い年月のうち、地上をはうものや、走るものや――さらに空をとぶものも生まれた。そのうち、一番かしこいやつがでてきた。ああ――考えてみれば、あのころは、すごくにぎやかだったな。あの生意気なやつが、私をほりかえしたり、しらべたり

——私の領分の外へとんで行ったり——すごく生意気で、ちっともじっとしていないやつだったよ」

「それで？……」微小なものは、きいた。

「そいつらの時代が——いってみれば、最高の時代だったよ。それから——また長い長い時間がたち——そいつらはおとろえ、別の小っちゃなやつがふえ——生意気なやつらは、私からはなれてどこかへとび出していった」

微小なものは、だまってきいていた。

「こうして——私も年おい、宇宙も年おいた。お前たちの仲間は、だんだんへって行き、やがて、ほとんどいなくなった。私の〝言葉〟たちは、次第にすくなくなり、そして……」

巨大なものは、ふと言葉をきって、微小なものをのぞきこんだ。

「おい！」と巨大なものは叫んだ。「どうしたんだ、おい！——きいているのか？」

返事はなかった。——微小なものは、もはやビクとも動かず、その小さな殻の中で、小さな粘液質の体は、急速に元素に分解しつつあった。

おい！　ともう一度巨大なものは叫ぼうとした。——しかし、彼にとっての、最後の〝言葉〟は死んだ。もはや彼には、語ることができなかった。あとにのこるのは、もえさかる沈黙と、灼熱《しゃくねつ》の孤独……。巨大にふくれあがった、凶暴な太陽の熱にやかれながら、地上最後の生命体——一個のバクテリアとの対話をおえた地球は、原初のあらあらしい物質にかえり、終末への軌道を、まっしぐらにすすんで行った。

幽霊星《ゆうれいぼし》

宇宙巡回コースの中でも、そのあたりは、とくにわびしい空間だった。

ずっと昔に、もえつき、爆発したたくさんの星の遺骸《いがい》――小さな岩石のかけらや、冷えきった宇宙塵《うちゅうじん》や、まっ黒で、おそろしく重たい、暗黒矮星《わいせい》などが、辛うじて生きのこった、わずかな星の光に、おぼろに照らされながら、うずまいていた。

それらのまばらな星々も、すでに命脈のつきかけた、年おいた星ばかりだった。――超新星となって爆発し、巨大な本体をほとんど吹きとばしてしまって、小さく重い芯《しん》ばかりになって、かがやきつづける白色矮星や、消えかかっている巨大な星が、それこそぽつりぽつりと鬼火のように光っているだけだった。

巡回隊員たちは、このあたりを「宇宙の廃墟《はいきょ》」とか、「星の墓場」とか呼んでいた。――巡回艇が、このあたりにかかると、隊員たちは、一様に、気がめいったような表情になり、口数もぐっとへり、お互い顔を見あわすのもさけるようになってしまうのだった。

だいたい、巡回航行そのものが、ひどく気のめいる、わびしい仕事だった。――無限の星屑《ほしくず》が、凍りついたようにまたたく、暗い、空虚な宇宙の中を、はてからはてへ、星雲から星雲へと、光よりもはやいスピードでめぐって行く――そのはてしない年月の、かぎりない虚《うつろ》さはいつかは、乗組員の心の中に、石灰水のようにしみこんで行き、その魂を蝕《むしば》み、感情を、石のようにかためてしまうのだった。

そんな隊員たちなのにもかかわらず、その「星の墓地」あたりにさしかかる時、心はさらに重く沈み、表情はさらに暗く、口数は、それこそ死者のようにすくなくなり、おそろしい速度で走る巨大な宇宙船の中は、それこそ墓所の中のようなうつろさにみたされてしまうのだった。

今度の巡回に、はじめて参加した、若い隊員など、わけもわからないままに、ただその雰囲気に気おされて、だまりこんでしまっていた。

「今度も……」古参隊員の一人がポツリといった。「やっぱり、出るかな?」

「出るさ……」もう一人が答えた。――そう答えてから、ずいぶんたってから、うめくような声でつづけた。「出るとも……いつも……このあたりの巡回の度に、必ず出あうんだから……」

「何が出るんですか?」と初参加の隊員がきいた。

「星の幽霊……」別の一人が溜息《ためいき》をつくようにいった。

「星の幽霊?」若い隊員は、けげんな顔をした――だが、みな座席の中に、ぐったりとたれこんだまま、その問いに、答えてやろうとしなかった。

長い長い時間がたってから、古参隊員は、寝言でもいうように、億劫《おっくう》そうにつぶやいた。

「そうだよ、坊や――むかし、このあたりにあった恒星系の惑星の一つが、幽霊になって出るのだ。このあたりは、大昔は、とてもたくさん星がかがやいていた。――だがずっと前に、すべての星がもえつき、このあたりの宇宙は死滅した。――そのうちの一つの星の幽霊が、このあたりを巡回する度に、いつもあらわれる」

「一つだけですか？」と若い隊員は聞いた。「きまった星の幽霊ですか？」

「そうだ――なぜといって……」別の隊員がいいかけて、急に口をつぐんだ。それから懊《おう》悩《のう》をたえるように、長い間、頭をかかえてうつむいていた。「なぜといって……おそらく、その星にだけ、かつて知的生物がおり、文明が発生し、愛や、悲しみや、憎悪や、希望がうずまいていたからだろう」

「星が、自分自身で幽霊になれるわけはないからな……」古参隊員が、ききとれない、消え入るような声でいった。「おそらくはそういった知的生物たちの……星とともにほろびさった数多くの魂の執念が……幽霊を出現させるのだろう」

「その星の――昔の生活が見られますか？」

「昔の生活の、まぼろしがな……」別の隊員がいった。「たのしげな……大昔の生物たちの生活の、亡霊がな……」

「妙なことに、見るたびに、その星の社会が進歩してくる――」古参隊員は、かすかに、笑った。ある時は、大ぜいの奴隷の、ある時は、奇妙な四足獣に乗った戦士たちの、「ある時は、惑星全体をまきこむ大戦争のまぼろしが、あらわれる」

「ある時は、たのしげに……ある時は、力にあふれ……」隊員の一人は、経文のようにつぶやく。「あたかも現《うつ》し世にあるごとく――」

「うしろを見るがいい……」古参隊員は、ぐったり眼をつぶりながら、ささやいた。「テレビにうつっている……」

若い隊員は、ぞっとしてふりむいた。

と――そこに星の幽霊はあった。まっ暗なテレビの画面の中央に、ボッと青白く光りながら。……それが、本ものの星でないことは、その星を透して、遠くの恒星がまたたいているのを見てもわかった。――若い巡回隊員は、息をのんで、そのみずみずしい星の幻を見つめた。巡回艇は、ぐんぐんその星に近づき、やがて、その幻の上に、大陸や太陽を、ちぎれとぶ雲を、夜の部分にかがやく人工の灯を、見ることができた。――幻はさらにちかづき山脈や平野や都市の姿が、さらにその上を蟻のようにはう乗物や、とび交う乗物まで見えるようになった。――生物たちの姿は、たのしげに、植物と建物の間にむれていた。

これが幻か？――ほろび去った星の、すぎさった生活の亡霊なのか？

その星の幻のあまりの美しさ、生活のあまりにたのしげな様子に、若い隊員は、胸のふたがるような思いにおそわれ、われ知らず立ち上って、テレビの画面に近よった。――ぐんぐんちかづく、星の姿は、あわや衝突するかと思われたとたんに、ふっとかき消すように消えた。若い隊員は、思わず、テレビカメラの操作ハンドルをにぎって、四辺を見わたしてみた。

しかし――そこには、ただうつろに暗い空間が、ただはてしなくひろがり、まばらな星々の姿が、凍りつくように、わびしく遠く、またたいているばかりだった。

＊

酔っぱらった一人のサラリーマンが、郊外の家の近所で、電柱につかまって、小便しようとしていた。――その頭上に、はるかに遠い夜空の彼方《かなた》から、おぼろに青白く光るものの姿がぐんぐんせまり、突然ふっと消えた。

（空飛ぶ円盤だ！）酔っぱらいは、もうろうとかすむ眼をこすりながら思った。（それとも……ひとだまというやつかな？）

初版解説

梅原　猛

小松左京とはじめてあったのは、たしか、高橋和巳の『悲の器』の出版記念会の席であったと思う。この時、吉川幸次郎、桑原武夫という大先生のあとで、高橋の学生時代からの親友で、今は、SFと漫才の脚本を書いているという太った男が、何かいったが、私はもう酒がまわっていて、彼が何をいったか、はっきり聞きとれなかった。

私はその当時、SFについて何の知識ももっていなかったので、どうして、この漫才をかくという太って陽気そうな男が、あの深刻で難解な長編小説をかく、やせていかにも憂《ゆう》鬱《うつ》げな高橋の親友なのか不思議に思った。

その後、小松とも、高橋同様親しくなり、私は小松を「小松っちゃん」と呼び、彼は私のことを「モウさん」と呼んだ。しかし、二人とも高橋に対しては、こういう愛称では呼ばなかった。高橋はその小説の主人公のように重い憂鬱を背中に負っているようなところがあり、こういう男と一緒にいるとどうしても座を賑《にぎ》やかすために冗談をいわないではいられないというありさまであった。

三人のときは小松が、二人のときは私が道化役にならざるをえなかった。小松が、冗談と機知で人を笑わす座談の天才になったのは、若い時からこういう憂鬱な男と一緒の時を長い間すごした故《ゆえ》かもしれない。

学園紛争のとき、小松と高橋と三人で、あるお茶屋で酒を飲んでいた。私は、その時、長年勤めていた大学をやめていたが、高橋は紛争のさ中にあった。酒を飲んでいると、突然、高橋の顔色が変わった。彼は眼をつり上げて、「梅原さんも、小松ももっと真剣に自己批判をしなければならない」といった。自己批判というのは学園紛争の中で、聞きあきた言葉であったが、高橋は真剣であった。どうしても今日は私達二人に対決を迫るというふうであった。私は、その真剣さが痛々しかったが、高橋の観念論に付合う気はなかったので、あとは小松にまかせて帰ってしまった。小松は、一晩中高橋の攻撃を受けとめ、夜明けとともに家に帰ったが、高橋はその夕方、猛烈な腹痛をおこして病院にいった。それが二年後彼を殺した最初のガンの発病である。

小松左京のことを考えるとき、私は、彼との、とくに高橋を交えての交友のことを思い出す。そして、私は高橋に対しても、小松に対しても彼らの本を読むより、何倍、何十倍かかの時間を彼らとの交友にすごした。

小松の『日本沈没』が出たとき、ある人がその本の小泉博士という人物がどうも私がモデルではないかと言ったので、小松にたずねると、小松は、小泉博士は今西錦司先生と、モウさんと、スサノオを足して、三で割って作ったのだといった。

高橋和巳の『邪宗門』の副主人公、行徳仁二郎という新興宗教の開祖も私がモデルであるという人があったので、高橋に聞くと、高橋は、はにかんだような微笑をうかべて、「作家というものは、まわりにいる人間を観察して、小説を書くものである」といった。

小泉博士にしても、行徳仁二郎にしても、多少変なところのある人物であるが、もし、それが私をモデルにしたとすれば、それも二人の私に対する友情ゆえだと思っている。

この文庫の中の『地には平和を』という小説は、私が読んだ彼の作品の中で、もっとも好きな作品である。そこには小松左京の作品の原点のようなものが含まれていると私は思う。

ふつう小説は、現実にあったことを書くという。たとえそれが作家の想像力によって創られたものにせよ、十八世紀以来の小説家は、現実の出来事、あるいは現実の出来事でありうる出来事を書き続けてきた。しかし、小松が、この作品で試みているのはそういうことではあるまい。

歴史は、いろいろな可能性を持っているはずである。一九四五年の八月十五日に戦争が終わりうる可能性も終わりえない可能性もあったはずである。

小松は、アインシュタインの相対性理論を使って、二つの可能性の共存をこの小説で考えようとしたのであろう。

たしかに一九四五年の八月十五日に、戦争が終わったというのは、その中で我々が現実に生きている時間の軸《じく》でのことである。しかし、もう一つの時間の軸が存在しないであろうか。八月十五日に戦争が終わらなかったという時間の軸も理論的には可能である。この、そういう別の時間の軸で作られた世界を彼はこの小説で追究しようとしているのである。

この可能性の世界は、少年の小松が命をかけて想像した世界であったにちがいない。小松も高橋と同じく、中学生の頃、終戦を迎えた世代の人間であり、最後の戦中派であった。彼らは二人とも、純粋な愛国の精神に燃え、一命をなげうって国土防衛を誓った少年であった。

こういう少年の前に、突然に知らされた終戦は、少年に少なからず、とまどいを与えたにちがいない。戦って死ぬつもりであったのに、これから平和で死ななくてもよい時代を迎えなければならない。

この小説は、このような小松の戦争体験をその基盤にしていることはまちがいない。その体験に彼は一つの哲学的理論づけをあたえた。われわれの世界は、いまこうしてある。しかし、それが唯一のあり方ではあるまい。これとは別に、いまとまったく別のあり方をとっている世界がどこか別なところに存在しているのではないか？

まったくちがった、あるいは反対の仮説の上にたつ時間の世界が共存することが可能なのではないか。

この小説では、こういう二つの世界が共存することができるのはアインシュタインを思わせる、あるドイツの哲学者の思想的実験によるといわれているのである。

この思想的実験は一つの現実的時間しか認めない常識からは狂気であり、この小説の展開される時間は、こういう狂人の実験の結果起こった世界の混乱にすぎないということになっている。

この小説は最後に、平和で日常的な戦後の家庭の話にかえっている。

高橋和巳も、ふだんから小説は可能性の追究であるといっていた。人間の中には多くの可能性があったのに、いまそのうちの一つで生きている。いまは死んだその可能性を追究するのが小説だというのである。ところが、彼の可能性の追究はいつも死の可能性の追究であった。

自分は死ぬべきであるのに生きている。それは自分が純粋ではないからだ。小説のうえで彼はそういう純粋なる可能性の人間を主人公に選び、その主人公を好んで死に至らしめた。『悲の器』にせよ、『憂鬱なる党派』にせよ、『邪宗門』にせよ、彼は純粋なる死の上に立って、あいまいな生を追究し断罪する。こういう彼が早死をするのは当然である。それは彼の思想の論理的必然であるといってよい。

その思想の出発点において、小松は高橋と似ている。彼もこの小説で、死の世界から生の世界を見ている。しかし、小松には高橋のごとき、倫理的リゴリズムはない。生もありえ死もありえ、生もよい死もよいという立場を小松はとっている。彼は高橋の如き倫理学者の眼でもなく、純粋論理を楽しむ認識者の眼で世界を見る。

世界の多様性を見ること、世界の多様性を追究することが彼にとっては楽しくて仕方のない仕事であるかのようである。

私は小松に一人の中世のスコラ哲学者を見る。彼は無限に豊かな空想力を働かして、さまざまな神々の世界の観照にふけり続けるのである。あるいは時として、彼が神に、あるいは悪魔になって、世界を作っていくのを楽しんでいるかのようである。

しかも、それによって彼の現実的感覚はけっして狂わないのである。彼には、その奇想天外な話で、法皇や国王を喜ばして、不思議に異端の疑いを受けない、したたかな中世の僧正の面影があると私は思っている。

新装版解説『地には平和を』

小松　実盛

この本は、表題作「地には平和を」、及び「日本売ります」の短編二作品と、「ある生き物の記録」として纏《まと》められた三六編のショートショートで構成されています。

一九六二年から一九六五年にかけて発表されたもので、小松左京《こまつさきょう》の最も初期の作品群となります。

「地には平和を」について

表題となった「地には平和を」は、小松左京のSF作家デビューのきっかけとなった作品であり、ここで提示されたテーマを、生涯追い求め続けたという意味で大変重要な作品です。

「地には平和を」は、一九六〇年に早川書房「SFマガジン」の「第一回空想科学小説コンテスト（後のSFコンテスト）」の募集を見て、三日で書きあげたものです（応募時のタイトルは末尾の『を』がない「地には平和」でした）。

この「第一回空想科学小説コンテスト」では入選作がなく、「地には平和を」は佳作にも選ばれず選外努力賞に終わりました。このため、「SFマガジン」に掲載されることはなく、一九六三年にSF同人誌「宇宙塵《うちゅうじん》」六三号で発表されることになりました。

「空想科学小説コンテスト」は、もともと、『ゴジラ』（一九五四年）をはじめ、『地球防衛軍』（一九五七年）、『宇宙大戦争』（一九五九年）と、次々にSF特撮映画を手掛けていた東宝が、映画原作になる作品を集めようと、SFマガジンと共同主催したもので、特撮監督である円谷英二さんや、後に『日本沈没』（一九七三年）のプロデューサーとなる田中友幸さんも選考委員となっていました。

円谷監督は、「SFマガジン」一九六二年八月号に掲載された、空想科学小説コンテストの選評において「**SFはアイデアがよくても、その表現が作者の自己満足に終わっていてはなんにもならない。その意味では次点にはいった「地には平和」が、次元ものとしてのめりはりのある面白さを持っていた**」と評されています。

選外努力賞に終わった「地には平和を」。しかし、当時「SFマガジン」編集長で後にSF作家ともなる福島正実先生にその才能を認められ、コンテスト応募の際につけたペンネームでプロ作家としての活躍の場を得ることが出来ました。SF作家、小松左京の誕生です。

一九六三年、小松左京の初の短編集『地には平和を』が出版され、この短編集に収録された「地には平和を」と「お茶漬の味」が第50回直木賞の候補作となりました。

実質的なSF作家デビュー作といえる「地には平和を」には、小松左京自身の戦争体験が深く影響をあたえています。

「第一回空想科学小説コンテスト」の最終選考には、「地には平和を」を含め、眉村卓《まゆむらたく》先生の「下級アイデアマン」、豊田《とよた》有恒《ありつね》先生の「時間砲計画」など五作品が選ばれました。選考委員の一人、朝日新聞の科学部長であった半沢朔一郎《はんざわさくいちろう》さんは、選評のなかで「選び終わって気がついたことは、なんとすべてが、戦争にふれた作品なのであった」（「SFマガジン」一九六一年八月号）と語っています。

一九四五年八月十五日、一四歳という多感な時期に終戦を迎えた小松左京にとって、もし戦争終結がもう少し延びていれば、自分も少年兵として戦争に駆り出され、命を落としていたとの思いが強くありました。

　毎日なぐられ、竹槍《たけやり》の調練をうけ、空襲の中を逃げまわりながら、終戦時十四歳、中三だった私たち——すくなくとも私は、まもなく本土決戦で人生も何も彼も終ると思っていた。それがあんな気のぬけたような形で終ったあと、解放感の反面、何ともいえぬ後味の悪さが残った。わずか三、四歳年上の人たちは予科練から特攻にひっぱられ、広島、長崎には原爆がおち、大阪では八月十四日の大空襲で何千人という人が死んだ。戦後も栄養失調や発疹《はっしん》チフス、それに結核で死んだ同期の友人たちが数多くいる。運よく生き残ったものは、「死者との連帯」をどう処理すればいいのか？　シエクレイやハインライン、ディックなどを読みちらすうちに、時間旅行ものや多次元ものの構造の中に、「大状況」としての歴史と、もっとも小さな「十代の実存」をかみあわせるヒントを得た。

『「地には平和を」のころ』（「リテレール　夏号」・一九九四年）

小松左京は、SF作家デビューの遙《はる》か以前、一九四八年の旧制高校時代に漫画家としてデビューし、京大に入ってから、当時、中学生だった松本零士《まつもとれいじ》先生を熱狂させた代表作「大地底海」を発表しています。

この作品のオープニングには、空襲で逃げ惑い、戦後は理不尽な境遇で辛酸を舐《な》める自らの体験をモデルとした兄弟の姿が描かれています。物語は、戦争そのものの悲劇と、それだけで終わらない負の連鎖がテーマとなっており、漫画という手法で、戦争に向き合おうとしていました。

現実の世界では辛くも本土決戦を回避できたものの、時を経ずして朝鮮戦争が勃発《ぼっぱつ》し、さらに、冷戦時代を迎え、全面核戦争により人類が滅亡する危機までもが迫っていました。自分たちの歴史は本当に正しいのか？　人類は一つの時間軸で、唯一つの進化の道をた

「幻の小松左京モリ・ミノル漫画全集」（小学館）より

どるしかないのか？　それを司る存在に抗うことはできないのか？

　このテーマは、小松左京の最高傑作と言われる『果しなき流れの果に』（一九六六年）をはじめ、様々な作品で繰り返されます。

　また、『日本アパッチ族』（一九六四年）『復活の日』（一九六四年）『見知らぬ明日』（一九六九年）『日本沈没』（一九七三年）、『首都消失』（一九八五年）いずれも、その根底に戦争体験があることを、幾度となく語っています。


「地には平和を」はもちろんだが、『日本沈没』を書いたのも、「一億玉砕」を唱えるような本当に情けない時代の空気を体験していたからだ。玉砕だ決戦だと勇ましいことを言うなら、一度くらい国を失くしてみたらどうだ。だけど僕はどんなことがあっても、決して日本人を玉砕などはさせない——そんな思いで書いていた。

『ＳＦ魂』（新潮社）より

　小松左京にとって、戦争は大きなトラウマであり、ともすれば自分を引きずり込もうとする、ブラックホールのような底知れぬ闇でした。

　根っからの心配性、そして、人間が大好きだった小松左京は、自らの闇と闘うため、そして、人々に警告を与えるため、戦争とそれに伴うおぞましい事態に取り組んだ物語を次々と生み出していきました。

「地には平和を」は、その先陣となり、SF作家小松左京を誕生させた、まさしく記念碑的な作品です。

神戸一中時代の小松左京

「日本売ります」について

「日本売ります」は、一九六四年に「週刊サンケイ」に掲載されたものです。

タイトル通りの内容ですが、日本列島が無くなるという発想において、『日本沈没』（一九七三年）に先行しています。

一見荒唐無稽《こうとうむけい》な物語ですが、その描写はリアルで、日本沈没により領土を失うことになる日本国民のために、生存地域を海外に求める過程とイメージが重なります。

これは、シミュレーション小説である『日本沈没』を書きすすめるための、予備実験的なものとなっており、またSF的発想、リアルなシミュレーション、シニカルな風刺と、小松左京らしいエッセンスがふんだんに詰め込まれていて楽しめます。

「日本売ります」の発表は一九六四年と紹介しましたが、この年、小松左京初の長編『日本アパッチ族』が光文社から出版されています。

小松左京の初長編ということもあり、大いに売り出そうと、光文社は新聞広告などを大々的に打ってくれました。


光文社に『日本アパッチ族』を渡したら、オーナーの神吉晴夫さんが力を入れてくれたんだよね。これは十万部いくから、それ用の新聞広告を出そうと。ところが七万五千部しか売れなかったと聞いて、それでは申し訳ないと。

『小松左京自伝』（日本経済新聞出版社）より

光文社へのお詫《わ》びの気持ちで書き始めた新たな長編。それこそが、『日本沈没』でした。

「日本売ります」は、『日本アパッチ族』出版のわずか一カ月後に書かれたものなので、この後、次々書かれる、『日本沈没』の実験要素を含んだ作品の、まさに第一号にあたります。

「日本売ります」以外にも、短編「日本漂流」「フラフラ国始末記」「靴屋の小人」「極冠作戦」、そして長編では『果しなき流れの果に』にも、『日本沈没』を書き進める上での、実験的な要素が含まれているようです。お読みいただく機会があれば、どこが実験部分なのか、探していただくのも一興かと思います。

『ある生き物の記録』について

『ある生き物の記録』は小松左京のショートショート集で、一七五（作品のみ）ページの中に極短い短編が三六編も収められています。SF同人誌『宇宙塵』に収録された「伝説」（一九六三年）以外はすべて、一九六四年から一九六五年にかけて「サンケイ・スポーツ」に掲載されたものです。

びっくりするような、思わず吹き出してしまうような、そして、ゾッとするような作品が満載で、浮世のうさばらしや気分転換に最適です（サンケイ・スポーツも、そのような意図で掲載したのでしょう）。

デビュー間もない頃の作品群ですが、異星人の侵略をリアルに描いた『見知らぬ明日』や、日本の中枢である東京が突如、謎の雲に覆われ外部との接触が一切不可能となる『首都消失』といった長編につながるアイデアを使った作品も散見されます（先に紹介した、

『日本沈没』における、〝別の短編をアイデアの実験に使用すると〟いう手法を、他の長編でも取り入れていたわけです)。

「サンケイ・スポーツ」で、これらショートショートを連載していた頃、小松左京は、文化人類学の梅棹忠夫《うめさおただお》先生、社会学者の加藤秀俊《かとうひでとし》先生らとともに、一九七〇年開催の大阪万博のあり方を探る、知的ボランティア的な集団、「万国博を考える会」を立ち上げていました。

二〇一八年、小松左京の万博回顧録を収めた、新潮文庫『やぶれかぶれ青春記・大阪万博奮闘記』が出版された際、「万国博を考える会」の創設メンバーである加藤秀俊先生が解説を書いてくださいました。その中に、万国博が実際にどのようなものかを理解するために、当時開催されていた海外の万博を視察しに渡航するエピソードがあります。小松左京は、初めての長期の海外旅行ということで、随分エキサイトして色々しでかしてしまったようです。

ニューヨーク・ヒルトンに泊まったときのこと。予算の関係で二部屋しかとれず、3日に1度1人部屋でと言われたが、結局3人で夜な夜な酒盛りをして、床にごろ寝という仕儀になった。ウィスキーの水割りばかり飲んでいたが、バスルームのところに製氷機があって、なかなか便利だった。ところが小松さんがその製氷機をいじって壊してしまって、氷が止まらなくなってしまった。どんどん出てくるから、梅棹さんと2人でバスタブにお湯をためて、必死で氷を運んだ。
だいたい、いつも何かをしでかすのは小松さんで、帰りに寄ったハワイでも、ムスタングを借りてわたしが運転したら、小松さんが何やらいじって、幌《ほろ》が走行中に上がってしまったり……。忙中におとずれた、なんとも愉快な珍道中であった。

新潮文庫『やぶれかぶれ青春記・大阪万博奮闘記』解説（加藤秀俊）より

ショートショート「故障」を書いた2年後に、自らが生み出した物語と同じようなトラブルに巻き込まれてしまったわけですから、小松左京も本当に驚いたことでしょう。『ある生き物の記録』のショートショートは、漫画チックな作品も多く、小松左京原作の唯一のアニメである『小松左京アニメ劇場』において「SF番組」「初夢」「失われた宇宙船」「お仲間入り」「星野球」、そして、「故障」の六作品がアニメ化されています。

小松左京の作品は、コミック化、映画化、ドラマ化、ゲーム化、舞台化など様々な形で使われますが、何故か、実写とアニメの合成作品である『宇宙人ピピ』を除き、純粋な形の商業用アニメは『小松左京アニメ劇場』のみとなっています。

『小松左京アニメ劇場』は、一九八九年、オリジナルビデオとして企画され、関西ローカルエリアで毎日放送にて放送され、全部で二七話あります。制作は、『ふしぎの海のナディア』や『新世紀エヴァンゲリオン』で知られるガイナックス。キャラクターデザインは、いしかわじゅん先生。声優は、名古屋章さんと富田靖《やす》子さんで、ナレーションや一般的な登場人物だけでなく、アンドロイド、宇宙人から、はては神様まで、全て、二人だけで演じています。

『小松左京アニメ劇場』は、今後、CS放送や動画で配信されることもあると思うので、機会があればご覧いただき、本書に収録されているショートショートと一緒にお楽しみいただければ幸いです。

解説の梅原猛先生に関して

本書は、一九八〇年に出版された角川文庫『地には平和を』を復刊したものですが、当時の梅原猛《うめはらたけし》先生の素晴らしい解説も再録されています。

哲学、歴史、芸術と幅広い分野で多くの業績を残された梅原猛先生は、二〇一九年逝去されました。

小松左京は京大時代に共に文学を志し、真の友であった高橋和巳《たかはしかずみ》先生との縁で梅原先生と知り合うことが出来ました。

その後、様々な形で梅原先生とお仕事を一緒にする機会がありましたが、なんと最初の仕事は、一九六四年、朝日新聞での「野球戯評」という連載でした。

当時、京大人文研に所属されていたフランス文学の多《た》田《だ》道《みち》太《た》郎《ろう》先生、そして梅原先生、小松左京が交代で野球に関するコラムを担当するもので、毎回のカットを描いたのも小松左京でした（元漫画家で絵は得意だったので）。

　小松左京は子供の頃から野球に全く興味がなく（そういえば、家でも野球中継を見ることは一切ありませんでした）、野球コラムには相応《ふさわ》しくないはずですが、野球を見ない人間も必要ということで、引っ張り込まれたようです。

　月に二回ほど三人で集まり四時間ほど野球の話をし、その後は一緒にマージャンという、大変楽しい仕事だったとのことです。この連載で、梅原先生、多田先生に文章の指導を受け、新聞コラムを書く際の訓練になったと感謝していました。

「野球戯評」カット
（小松左京画）

　梅原先生は、本書の解説で、小松左京との出会いとして高橋和巳先生の『悲の器』の出版記念会でのことを語っておられます。

　京大時代、ともに文学を志し、同人誌で切磋琢磨《せっさたくま》しあった高橋和巳先生を、小松左京は心の底から愛すべき盟友と考えていました。

高橋和巳先生は、一九七一年、癌《がん》のため、わずか三九歳で亡くなられます。

高橋先生が癌だとの話を人づてに聞いた小松左京は途方に暮れ、梅原先生を呼び出し、苦しい胸の内を打ち明けるといったこともありました。それほど信頼を寄せていたのです。

様々な分野で多大な業績を残された梅原先生ですが、小松左京は、梅原先生の細かなことを気にしない大らかなところが好きだったようです。

『日本沈没』において、日本列島が海の底に沈む運命にいち早く気づき、己が全てをかけ、その変動《たどころ》メカニズムの詳細を探ることで、多くの日本人を救うことになった孤高の天才学者、田所博士。

日本沈没の前触れともいえる、地殻変動の連続に際し、総理が開いた勉強会に田所博士も招かれます。一通り話が済み田所博士が退席するや、御用学者が、総理に対し、田所博士を貶《おとし》めるような話をしはじめます。すると。

その時、ドアがあいて、また田所博士がはいってきた。――大泉教授は、のどに何かつかえたような顔をした。

「万年筆を忘れた……」そうひとりごとをいいながら、田所博士は、テーブルの上から、握り太のモンブランをつかみ上げ、そのまま出て行こうとした。

「田所先生……」突然首相が声をかけた。「為政者として、相当な覚悟を、といわれたが、どの程度のことを考えておいたらいいのでしょう？」

「さっきもいったでしょう。まだはっきりしたことはいえない……」田所博士はちょっと肩をすくめた。「だが、日本が壊滅する場合も想定しておいたほうが、いいかもしれん。――場合によっては、日本がなくなってしまうことも……」

部屋の中に、ちょっと笑い声が聞こえた。田所博士はかすかな自己嫌悪の表情を顔に浮かべて、部屋を出た。

『日本沈没』より

うっかり忘れた万年筆を取りにもどる一見ユーモラスな場面と、日本がなくなる可能性を為政者のトップに悟らせる深刻なシーンが対比的で大変印象深くなっています。

この田所博士が、おおらかさ故に一瞬醸し出す少しユーモラスな雰囲気こそ、梅原先生がモデルではないかと思われます。

小松左京が家族に楽しそうに語っていた梅原先生のエピソードに、先生がご自宅を出る時に、玄関の敷物を小脇に抱え、そのまま大学に行き、研究室でカバンを開けようとして初めてカバンでなく敷物であると気付いたというものがあります。

実は、梅原先生が、本書に書かれた解説にも、このエピソードを彷彿《ほうふつ》とさせるような箇所がありました。

小松の『日本沈没』が出たとき、ある人がその本の小泉博士という人物がどうも私がモデルではないかと言ったので、小松にたずねると、小松は、小泉博士は今西錦司先生と、モウさんと、スサノオを足して、三で割って作ったのだといった。

本書収録　角川文庫「地には平和を」初版解説（梅原猛）より

『日本沈没』には小泉博士は登場しておらず、明らかに田所博士のことをおっしゃっているはずです。

いかにも細かいことにこだわらない、梅原先生らしい解説でした。

（でも、ひょっとすると、『日本沈没』の田所博士が小泉博士になっている時間軸が存在し、梅原先生の解説は、その世界で書かれたものなのかも。――ＳＦの読みすぎですね）。

本書は、一九八〇年五月刊行の角川文庫を改版したものです。

なお本書中には、気違い、狂人、狂った男、狂気、聾《つんぼ》、ニグロ、めくらめっぽう、毛唐、気のくるった、トルコ風呂といった現代の人権擁護の見地に照らして不適切と思われる語句や表現がありますが、著者が故人であること、作品自体の文学性、芸術性をあわせ、原文ままとしました。

（編集部）

地《ち》には平和《へいわ》を

小松左京《こまつさきょう》

昭和55年 5月25日 初版発行
令和元年 6月25日 改版初版発行
令和6年 10月30日 改版8版発行

発行者●山下直久

発行●株式会社KADOKAWA
〒102-8177 東京都千代田区富士見2-13-3
電話 0570-002-301(ナビダイヤル)

角川文庫 21701

印刷所●株式会社KADOKAWA
製本所●株式会社KADOKAWA

表紙画●和田三造

◎本書の無断複製（コピー、スキャン、デジタル化等）並びに無断複製物の譲渡および配信は、著作権法上での例外を除き禁じられています。また、本書を代行業者等の第三者に依頼して複製する行為は、たとえ個人や家庭内での利用であっても一切認められておりません。
◎定価はカバーに表示してあります。

●お問い合わせ
https://www.kadokawa.co.jp/（「お問い合わせ」へお進みください）
※内容によっては、お答えできない場合があります。
※サポートは日本国内のみとさせていただきます。
※Japanese text only

©Sakyo Komatsu 1980 Printed in Japan

ISBN 978-4-04-108608-7 C0193

◆◇◇

角川文庫発刊に際して

角川源義

第二次世界大戦の敗北は、軍事力の敗北であった以上に、私たちの若い文化力の敗退であった。私たちの文化が戦争に対して如何に無力であり、単なるあだ花に過ぎなかったかを、私たちは身を以て体験し痛感した。西洋近代文化の摂取にとって、明治以後八十年の歳月は決して短かすぎたとは言えない。にもかかわらず、近代文化の伝統を確立し、自由な批判と柔軟な良識に富む文化層として自らを形成することに私たちは失敗して来た。そしてこれは、各層への文化の普及滲透を任務とする出版人の責任でもあった。

一九四五年以来、私たちは再び振出しに戻り、第一歩から踏み出すことを余儀なくされた。これは大きな不幸ではあるが、反面、これまでの混沌・未熟・歪曲の中にあった我が国の文化に秩序と確たる基礎を齎らすためには絶好の機会でもある。角川書店は、このような祖国の文化的危機にあたり、微力をも顧みず再建の礎石たるべき抱負と決意とをもって出発したが、ここに創立以来の念願を果すべく角川文庫を発刊する。これまで刊行されたあらゆる全集叢書文庫類の長所と短所とを検討し、古今東西の不朽の典籍を、良心的編集のもとに、廉価に、そして書架にふさわしい美本として、多くのひとびとに提供しようとする。しかし私たちは徒らに百科全書的な知識のジレッタントを作ることを目的とせず、あくまで祖国の文化に秩序と再建への道を示し、この文庫を角川書店の栄ある事業として、今後永久に継続発展せしめ、学芸と教養との殿堂として大成せんことを期したい。多くの読書子の愛情ある忠言と支持とによって、この希望と抱負とを完遂せしめられんことを願う。

一九四九年五月三日

角川文庫ベストセラー

復活の日　小松左京

生物化学兵器を積んだ小型機が、真冬のアルプス山中に墜落。感染後5時間でハツカネズミの98％を死滅させる新種の細菌は、雪解けと共に各地で猛威を振るう。世界人口はわずか1万人にまで減ってしまい——。

ゴルディアスの結び目　小松左京

「憑きもの」を宿す少女は、病室に収容されていた。サイコ・デテクティヴはその正体の追求を試みるが……表題作のほか「岬にて」「すぺるむ・さぴえんすの冒険」「あなろぐ・らぶ」を収録した、衝撃のSF短編集！

きまぐれ星のメモ　星新一

日本にショート・ショートを定着させた星新一が、10年間に書き綴った100編余りのエッセイを収録。創作過程のこと、子供の頃の思い出——。簡潔な文章でひねりの効いた内容が語られる名エッセイ集。

きまぐれロボット　星新一

お金持ちのエヌ氏は、博士が自慢するロボットを買い入れた。オールマイティだが、時々あばれたり逃げたりする。ひどいロボットを買わされたと怒ったエヌ氏は、博士に文句を言ったが……。

ちぐはぐな部品　星新一

脳を残して全て人工の身体となったムント氏。ある日、外に出ると、そこは動くものが何ひとつない世界だった（「凍った時間」）。SFからミステリ、時代物まで、バラエティ豊かなショートショート集。

角川文庫ベストセラー

きまぐれ博物誌　星　新一

宇宙の声　星　新一

地球から来た男　星　新一

おかしな先祖　星　新一

ごたごた気流　星　新一

新鮮なアイディアを得るには？　プロットの技術を身に付けるコツとは――。「SFの短編の書き方」を始め、ショート・ショートの神様・星新一の発想法が垣間見える名エッセイ集が待望の復刊。

あこがれの宇宙基地に連れてこられたミノルとハルコ。〝電波幽霊〟の正体をつきとめるため、キダ隊員とロボットのプーボと訪れるのは不思議な惑星の数々。広い宇宙の大冒険。傑作SFジュブナイル作品！

おれは産業スパイとして研究所にもぐりこんだものの、捕らえられる。相手は秘密を守るために独断で処罰するという。それはテレポーテーション装置を使った地球外への追放だった。傑作ショートショート集！

にぎやかな街のなかに突然、男と女が出現した。しかも裸で。ただ腰のあたりだけを葉っぱでおおっていた。アダムとイブと名のる二人は大マジメ。テレビ局が二人に目をつけ、学者がいろんな説をとなえて……。

青年の部屋には美女が、女子大生の部屋には死んだ父親が出現した。やがてみんながみんな、自分の夢をつれ歩きだし、世界は夢であふれかえった。その結果……皮肉でユーモラスな11の短編。

角川文庫ベストセラー

城のなかの人 星　新一

世間と隔絶され、美と絢爛のうちに育った秀頼にとって、大坂城の中だけが現実だった。徳川との抗争が激化するにつれ、秀頼は城の外にある悪徳というものの存在に気づく。表題作他5篇の歴史・時代小説を収録。

声の網 星　新一

ある時代、電話がなんでもしてくれた。完璧な説明、セールス、払込に、秘密の相談、音楽に治療。ある日マンションの一階に電話が、「お知らせする。まもなく、そちらの店に強盗が入る……」。傑作連作短篇！

時をかける少女〈新装版〉 筒井康隆

放課後の実験室、壊れた試験管の液体からただよう甘い香り。このにおいを、わたしは知っている――思春期の少女が体験した不思議な世界と、あまく切ない想いを描く。時をこえて愛され続ける、永遠の物語！

ビアンカ・オーバースタディ 筒井康隆

ウニの生殖の研究をする超絶美少女・ビアンカ北町。彼女の放課後《オーバースタディ》は、ちょっと危険な生物学の実験研究にのめりこむ、生物研究部員。そんな彼女の前に突然、「未来人」が現れて――！

にぎやかな未来 筒井康隆

「超能力」「星は生きている」「最終兵器の漂流」「怪物たちの夜」「００７入社す」「コドモのカミサマ」「無人警察」「にぎやかな未来」など、全41篇の名ショートショートを収録。

角川文庫ベストセラー

幻想の未来　筒井康隆

放射能と炭疽熱で破壊された大都会。極限状況で出逢った二人は、子をもうけたが。進化しきった人間の未来、生きていくために必要な要素とは何か。表題作含む、切れ味鋭い短篇全一〇編を収録。

アフリカの爆弾　筒井康隆

それぞれが違う組織のスパイとわかった家族の末路（「台所にいたスパイ」）。アフリカの新興国で、核弾頭ミサイルを買う場について行くことになった日本人セールスマンは（「アフリカの爆弾」）。12編の短編集。

スタープレイヤー　恒川光太郎

眼前に突然現れた男にくじを引かされ一等を当て、フルムメアが支配する異界へ飛ばされた夕月。10の願いを叶える力を手に未曾有の冒険の幕が今まさに開く――。ファンタジーの地図を塗り替える比類なき創世記！

ヘブンメイカー　恒川光太郎

〝10の願い〟を叶えられるスターボードを手に入れた者は、己の理想の世界を思い描き、なんでも自由に変えることができる。広大な異世界を駆け巡り、街を創り、砂漠を森に変え……新たな冒険がいま始まる！

異神千夜　恒川光太郎

数奇な運命により、日本人でありながら蒙古軍の間諜として博多に潜入した仁風。本隊の撤退により追われる身となった一行を、美しき巫女・鈴華が思いのままに操りはじめる。哀切に満ちたダークファンタジー。